식사는 하셨어요?

식사는 하셨어요?

2020년 12월 25일 1판 1쇄 발행

*본 작품은 글쓰기 커뮤니티 조금 적어도 좋아를 통해 완성된 작품 입니다.

••••••••••••••••••••••••

글쓴이	펴낸곳	신고번호
이종석	조그만 북스	제 2019-000016호
펴낸이	인스타그램	전자우편
문구점 응	@brand.eung	help.eung@gmail.com
디자인	주소	
프랭코	경상남도 김해시 김해대로 2596번길 23-57	

이 책은 저작권법에 의해 보호받는 저작물이므로 무단전재와 복제를 금합니다. 이 책의 내용의 전부 또는 일부를 재사용할 경우 반드시 저작권자의 동의를 받아야 합니다. Copyright 2020 문구점 응. All rights reserved.

식사는 하셨어요?

이종석

차
례

프롤로그 : 食   8

식사는 하셨어요?   10

언택트   77

거울   168

에필로그 : Behind the Scene   197

프롤로그 : 食

우리 인생은 생방송이다.

편집해서 자르고 붙일 수도 없고, 합성할 수도 없다.

한번 뱉으면 주워 담을 수 없는, 이런 상황에서도.

우리가 가장 많이 하는 말.

인연을 처음 알게 될 때,

오랜만에 친구를 만났을 때,

안부를 전할 때,

어쩌면, 평소에도.

"밥 먹었어?"

"언제 밥 한번 먹자"

"맥주 한잔할래요?"

"밥 뭐 먹을래?"

"어떤 음식 좋아하세요?"

"식사는 하셨어요?"

인간으로 살기 위해 꼭 필요한, 食.

거기에서 우리는 타인과 교류를 하고, 기억이 만들어지고, 영감을 얻고, 추억이 생기고, 가치관을 만든다.

식사는 하셨어요?

 익숙한 소리와 함께 눈앞이 차츰 밝아져 온다. 아, 해가 많이 길어졌구나. 밤에 커튼을 걷어놓고 잤더니 밖은 어느새 환하다. 어두운 천장에 은은한 달빛만 보이던 방도 어느새 옷장 위를 덮어놓은 먼지까지 보일 정도로 밝아졌다. 아, 이런 망할 아침. 느낄 시간이 없다.

 옷장 위를 흩날리는 먼지보다 빠르게, 하지만 옷장 위 먼지보다 더 생각 없이, 눈도 채 뜨지 못하고 오늘도 하루가 시작된다. 코안까지 침투한 먼지를 따뜻한 물로 씻어낸다. 물이 오늘따라 온도가 적당하다. 몸이 나른해진다. 이렇게 십 분만 물에 누워있으면 소원이 없을 텐데. 아, 이런 나른함. 느낄 시간이 없네.

 차의 시동을 건다, 어제와 같은 주파수의 라디오가 자동으로 켜지고, 어김없이 시보가 울린다. 사이드를 내리고 출발을 해볼까. 지하에서 올라오는데, 끼익, 앞에서 고라니가 튀어나왔다. 야잇, 운전 똑바로 안 하냐! 엇, 고라니가 사람말도 하네. 국산 고라니인가? 확인해보려고 창문을 내리던 찰나, 고라니의 주인으로 보이는 분이 올바른 한국어로 나에게 사과를 하신다. 학생, 미안합니다, 남편이 술을 양껏 들이붓고 이제야 왔네요. 아아, 주인이시구나, 고라니교육과 가셔도 되겠어요. 고라니가 한국어도 하네요? 대단해, 주인님 그과 수석으로 입학하고 수석으로 졸업하실 듯. 그런데 요즘 반려동물로 고라니도 키워요?

고라니라도 튀어나왔으면 하는 바람은 역시나 바람에 그친다. 누가 술 좀 아침까지 먹었으면 좋겠다. 그래야 어떻게든 이 똑같은 패턴이 바뀔 텐데. 사람들은 너무 교과서야. 분명 사람의 뇌는 퇴화할 거야. 맨날 똑같은 행동만 하는데 발달할 건덕지가 있어야지. 꼬리에 꼬리를 무는 내 생각을 끊는 존재는 하나다. 똑같은 방향으로 매번 가는 탓에 '즐겨 찾는 경로'로 저장된 길을 누구보다 친절히 알려주는 아리따울 것만 같은 여성분의 목소리. 앞으로 30분간 정체가 예상됩니다. 말투는 그다지 아름답지는 않네.

고라니 상상 덕에 잠깐 앞부분 멘트를 놓친 라디오의 목소리가 내 귀를 다시금 파고든다. 유일한 지식의 원천은 경험이다...? 라는 아인슈타인의 말을 인용하며 오프닝 멘트를 끝낸다. DJ가 직접 선정한 첫 곡인 People이 흘러나온다. 내가 좋아하는 가수의 노래를 라디오에서 듣다니, 오늘은 운전할 맛이 조금 날 것 같다. 어제보다 괜찮은 오늘도, 오늘보다 찬란한 내일도, 나랑은 상관 없어, 뻔한 하루가 또 멋대로 흘러가. 아, 이 얼마나 명가사인가. 내일도 오늘, 이 얼마나 나랑 똑같은 생활인가. 정말 공감되는 가사이다.

주차를 한다. 나는 아직 운전 초보다. 사이드미러를 아무리 봐도 차가 평행한지 알 수가 없어서 운전석에서 직접 내려 확인한다. 이번엔 주차선과 평행하구나. 핸들을 원상복구시키고 부서져라 꽉 밟던 브레이크에서 발을 뗀다. 늘 후진할 때는 액셀을 밟은 것도 아닌데 체감 속도는 너무나 빠르다. 큰일이다. 왼쪽 차와 너무 붙었다. 내리기가 힘들겠다. 설상가상 차 한 대가 나의 실력을 비웃으며 내 주차가 끝나길 기다리고 있다. 어쩔 수 없이 숨을 참고 내린다. 언젠간 이런 과정도 끝나겠지.

회사로 향한다. 오늘따라 햇살이 눈부시다. 유독 공기도 상쾌하다. 분명 해가 길어진 여름인데 숨을 깊게 마시니 속이 시원하다. 주차장에서 회사까지 그 짧은 거리인데 사람들의 이목이 나를 향한다. 오늘 피부가 좋은가? 머리 정돈이 잘 된 건가? 어제 새로 산 향수가 나랑 맞나? 오늘은 나를 보는 저 사람들처럼 나를 맞이하는 선배들의 태도가 평소와 달랐으면 좋겠다는 마음을 가득 먹으며 출입증을 찍는다.

드디어 안으로 들어가려는데, 멀리 경비원님께서 나를 부른다. 저기요, 학생! 학생이라니, 저 여기 인턴인걸요, 놀러 온 학생 아니라고요. 출입증을 자랑스레 들어 보이니 귀에 꽂히는 목소리. 아니, 마스크요, 마스크! 시국이 어느 시국인데 지금! 아, 어쩐지... 유독 공기가 상쾌하더라. 맞아, 다 똑같은데 공기만 상쾌할 리가 없지. 그제야 나를 바라봤던 사람들의 표정이 달라 보였다. 죄송합니다! 차에서 두고 내렸나 봐요! 궁색한 변명을 하고 다시 주차장으로 갔다. 운전석에 몸을 끼워 넣었다. 무사히 탔다. 만약을 대비해 포장을 뜯지 않고 놓아둔 마스크를 눈물로 뜯는다. 또 이렇게 멍청비용이 나가는구나.

다시금 숨을 흡, 참는다. 문이 너무 빠르게 열렸는데? 이번 달 월급 날아갈까 노심초사한 마음으로 옆 차의 보조석 문을 보았다. 다행히 가성비 스펀지가 문콕을 막아주었다. 휴, 안도의 한숨을 쉬고 회사로 가는데, 보조석과 오른쪽 차 사이의 넓디넓은 공간이 나를 미친 듯이 비웃는다. 어휴, 너도 뇌가 퇴화되고 있구나?

안녕하세요, 좋은 아침입니다. 마스크에 가려 보이지 않는 입은 정색을 하고 있지만, 눈만은 웃어주며 월급 받는 값을 한다. 비록 숨쉬기는 힘들지만, 마스크 덕분에 4초의 감정 노동에 지친 내 모습을 보여주지 않아도 되어 좋다. 겉옷을 벗어 의자에 걸고, 자리에 앉아 집에서 들고 온 노트북을 켠다. 그리고는 커피 드실래요, 물어보는 것이 내 하루 시작 루틴이다. 늘 먹던 걸로, 난 믹스, 나 설탕 많이, 종류도 참 다양하다. 이제는 고맙다는 말도 안 한다. 내가 왜 이런 회사에서 인턴을 한다고 했지? 인턴 하면 바로 거기에 꽂힐 수 있다고? 미쳤나, 난 꽂아줘도 여기 취직 안 할 거야, 완전 글러 먹은 곳이야, 여긴.

내가 할 수 있는 복수를 해본다. 커피를 가져다주며 늘 먹던 거, 여기 있ㅅ. 바로 '습니다'를 묵음으로 처리하는 것. 헤, 윗사람아, 나 사실 반말한 거야. 오, 나 좀 멋있는데? 이렇게 공격했더니 위에서 또 다른 공격이 들어온다. 어이, 인턴 친구, 직장에서 노트북 켜자마자 까톡부터 하나? 내가 뭘? 노트북 잠금 풀고 댁이 늘 먹던 거 가지러 갔는데. 몰라, 암튼 죄송하다 해야지. 자리로 돌아갔더니 옆에 있던 다른 인턴, 저 사람 피씨 버전 쓸 줄 몰라, 자동 로그인도 모르더라, 무시해. 어떻게 저런 사람이 나보다 위에 있지?

그나저나 아침 댓바람부터 이 몸을 찾는 이는 누구인가, 어라, 같은 학번 동기다. 들었어? 올해부터 졸업 요건 바뀐대. 졸업 학점 줄었어! 공인영어성적만 있으면 된대.

됐다. 영어만 해결하면, 학생 서비스센터에서 떼 좀 써야겠다. 도저히 못 하겠다고. 어차피 실습생이잖아. 다 알아, 말만 인턴이지. 하루에 열 시간 넘게 일하는데, 30만 원 주잖아. 그것도 많다고 난리 치잖아. 너네 나 실습생으로 행정 처리한 거 다 알아. 여기 있기 싫어.

그날 오전은 태어나서 그 어떤 순간보다 느리게 갔다. 점심시간을 쪼개어 회사를 빠져나와 보이는 사진관 아무 곳이나 들어가서 원서 제출에 쓸 사진을 찍을 요량이었다.

주변에 사진관이 있나, 점심시간까지는 아직 1시간이나 남았는데, 지도에서 사진관 찾기에 바쁘다. 넌 벌써 식당 찾냐, 라는 윗사람 말은 이미 들리지도 않는다. 그러는 너는 오전 동안 영화만 보던데?

없다. 사진관이 없다. 분명 지도상에서 가까운 거리에 사진관은 없었다. 주변에 가장 가까운 곳이 1시간 안에 도저히 갈 수 없는 거리였다. 말이 1시간이지, 30분 안에 와야 윗사람이 좋아한다. 아무튼, 없었는데, 진짠데, 그럼 저건 뭔데?

길 가다가 우연히 저 사진관을 찾았을 때부터, 똑같던 내 삶의 패턴이 조금씩 달라지기 시작했다.

사진관치고는 어두운 분위기, 하얀 스크린은 어디로 가고 녹색 스크린만 있다. 내가 온 줄 알긴 아는 건가? 저건 또 뭐야, 크로마키야? 내가 입은 복장이 녹색 옷이 아니라서 다행이다. 얼굴만 둥둥 떠다닐 뻔했네. 아아, 여긴 사진관이 아닌 건가? 스튜디오인가보다! 그러니까 크로마키가 있지. 조명은 어디 있지. 사진은 조명발 아니었어? 안 되겠다, 나가야 한다. 여긴 잘못 찾았다. 저 사람 봐, 내가 온 줄도 모르잖아. 조용히 나가야겠다.

학생, 뭐 할 거야? 귀신인가, 사람인가, 긴가민가한 분위기를 풍기던 형상에서 소리가 들렸다. 헐, 뭐야, 나 온 줄 알고 있었어? 근데 왜 가만히 있어. 당신 뭔데, 사장님이야? 서비스 뭐야 여기. 증명사진... 되긴 하나요?

그럼 당연하지, 사진관인데 증명사진이 안 되겠어? 앉아 여기. 유령 같던 사진사님의 형상에 조금이나마 혈색이 돈다. 초록색 스크린 앞에 있는 나무 의자에 나를 앉힌다. 자세나 표정을 잡아주지도 않고, 그저 무덤덤하게 찍는다, 하고 다짜고짜 플래시를 펑, 터뜨리는 사진사. 눈이 부시다. 눈 감은 것은 아니겠지? 다행히 눈은 뜨고 있는데, 가만, 도대체 누가 증명사진 배경을 초록색으로 찍어? 사장님, 이거 배경 초록색 안 되잖아요.

바꿔줘? 돈 좀 더 받아야 하는데. 아니, 뭐 이런 사장님을 보았나. 당연히 흰색 스크린을 가져다 놓아야 하는 것 아닌가. 원래 흰색으로 찍어야 하지 않아요? 라고 했더니 덤덤하게, 초록색 스크린이 더 싸게 팔아서 샀다는 사장님. 그러면서 편집값으로 돈을 더 뜯어간다. 저 가난해요, 하루에 14시간을 일하는데 30만 원 받는다고요. 그 말을 듣고 갑자기 정색을 하고는, 랩을 줄줄 늘어놓는 사장님. 너, 사진 한 장 찍는데 얼마나 많은 과정을 거치는지 알아? 옛날에는 사진 한 장 찍으려면 몇 십 분 동안 가만히 앉아 있어야 했어. 그 시간 동안 조금이라도 움직이면 넌 흔들리는 사진 받는 거라고. 사진사가 얼마나 힘든데. 네가 셔터스피드랑 조리개값을 알긴 알아? 이거 잘못 삐끗하면 그냥 사진 새로 찍어야 되는 거야. 색온도는 알아? 이거 잘못 맞추면 그쪽 얼굴 파랗게 나올 거야. 눈 흰자가 파란색일 거라고. 저 외계인이에요, 하고 증명하는 거야? 그렇게 힘들게 찍어놨더니 뭐? 배경색을 바꿔 달라고? 요즘 애들 스마트폰인지 뭔지 그거 나오면서 사진이 엄청 쉽게 찍히는 줄 알고….

길다. 머리가 아파온다. 잘못 건드렸다. 내가 왜 여길 왔을까, 내가 왜 여기를 더 빨리 안 나가고 계속 있었을까. 난 왜 저 초록색 배경지를 보고도 여기서 사진을 찍었을까. 내가 미쳤지 정말. 이 말을 언제까지 들어야 할까. 그냥 자리를 박차고 나가려던 찰나 괴팍한 사진사의 랩을 끊는 멘트.

"식사는 하셨어요?"

언제 왔는지도 몰랐던 손님이, 사진사에게 한마디 건넨다. 엥, 아무리 한국인은 밥심이라지만, 무슨 사진 찍으러 온

손님이 사진사에게 식사 여부를 물어봐, 사주려고 그러나? 사진사는 나를 어느새 한쪽에 제쳐두고 식사 여부를 묻는 손님에게 가서 대화에 참여한다.

"먹었죠."

"뭐 드셨어요? 양식? 중식?"

"양식, 까르보나라요."

"저도 그거 먹고 싶었는데, 오늘 먹어야겠어요."

뭐야, 이 이상한 대화는. 누가 봐도 전혀 안 맞는 두 사람의 소개팅 자리 같잖아. 그런데 이 성격 이상한 사진사, 갑자기 나를 쫓아낸다. 어이, 다음에 와, 다음에 오면 내가 흰색으로 바꿔 놓을게, 좀 뒤에 와. 색깔 하나 바꾸는데 돈 달라고 하던 사진사는 어디 가고, 갑자기 이상하게 친절한 말투로 바뀌었다. 도대체 이 사람 정말 뭐지? 저 대화는 뭐고, 왜 갑자기 이렇게 바뀐 거야. 아니, 사장님, 편집 말고 찍은 값은 받으셔야죠.

예의상 사진 찍은 돈을 주려고 나를 밀어낸 사장님께 간다. 내가 점점 그와 가까워지자, 나에게 30분 뒤에 보자고 한다. 저기요, 나 직장인이야. 눈치 엄청나게 보고 왔어. 이럴 시간 없다고. 사진사는 이후 나를 투명인간 취급하며 갔는지 아닌지 궁금하지도 않다는 듯 나에게 눈길 한번 주지 않는다. 망할 사진사, 계속 그렇게 중얼거리며 사진사를 째려보고 나가려는데, 문에 붙은 메뉴판이 조금 특이하다. 일반적인 가격인 증명사진 가격표 아래, 개미만 한 글씨로 적혀있는 '사진 삭제', 가격도 상당하다. 저게 뭔데 장당 10만 원이나 받는 걸까. 나는 다시금 사진사를 불렀다. 저기… 하니 돌아오는 대답. 어, 그래요, 나중에 봐요. 저 사람, 저렇게 말을 잘하는 사람이었나. 난 이걸 듣고 가야겠다.

"저기요, 메뉴판에 사진 삭ㅈ.."

"아, 좀, 나중에 오라니까!!!"

아니, 지금 나한테 소리 질렀어? 까르보나라 이야기를 하던 손님도 깜짝 놀란 듯 사진사를 쳐다본다. 왜 그래요? 하는 입 모양. 순간 정적이었는데, 누군가의 배꼽시계가 울린다.

"소리 지른 거, 미안해요. 배가 고파서 그랬어요."

사진사님, 아까 까르보나라 먹었다면서요. 아침부터 먹고 온 건 아닐 텐데, 근데 주변에 까르보나라 파는 집이 있긴 한가?

30분이 지났다. 이미 점심시간은 끝났다. 하지만 나는 회사에 있지 않다. 나는 궁금한 것은 잘 못 참는 타입이다. 어떻게든 알아낼 것이다. 다만, 지금은 궁금해서 이러는 것이 아니라 화가 나서 가는 것이다. 윗사람에게는 잘 둘러대서 반차를 쓰고 나왔다. 뭐, 어차피 누구 상 난 것이 아니면 그 어떤 이유라도 나를 욕 할 거니까. 상관없어, 어차피 얼굴 보는 것도 만간이야.

사진사는 여전히 유령 같은 아우라를 풍기고 있다. 마치 주변에 가면 공기가 차가워질 것 같다. 다가가고 싶은데, 가까이 가면 감기에 걸릴 것 같다. 다시 들어온 나를 흘깃 보고는 왔냐? 라고 짧은 인사를 한다. 말이 짧아졌네요. 손님과 사장 관계인데, 알바도 아니고. 서비스가 왜 이래 여긴. 야, 사과해, 라고 반말로 하고 싶지만, 도저히 몰골을 보니 반말을 할 수가 없는 비주얼이다. 적당히 돌려서 최대한 기분이 덜 나쁘게 말하고 싶었다.

"아깐 왜 소리 지르셨어요. 제가 오래 산 건 아닌데, 이런 경험은 처음이라 기분이 별로네요."

"...방금은 미안했어요, 사진 배경 흰색으로 바꿔 드릴 테니까 공짜로 들고 가요."

그건 고맙네요, 사진사님. 하지만 나는 알고 싶은 것이 따로 있는걸요.

"돈 드릴게요, 대신 저 사진 삭제가 뭔지 궁금해요."

알 수 없는 표정을 짓는 사진사. 아니, 그렇게 손님한테 말해주기 싫었으면 메뉴판에 써놓지를 말던가. 내 시력이 좋은 게 뭔가 잘못된 것인지 새삼 의심하게 만든다. 혹시 읽으면 안 되는 메뉴였나? 그런데 그것치고는 너무 잘 보이는 곳에 있는데? 아니야, 메뉴는 잘 보이는 곳에 있는 게 맞지. 읽으라고 있는 거잖아. 어느새 나는 순환 논리에 빠져버려 머리가 복잡해졌다. 국어 영역 31번을 푸는 것 같은 이 느낌. 싫다. 그렇게 답을 찍고 넘어가야지, 할 때쯤.

"손님은 아직... 자격이 없어요."

"네?"

사진 삭제를 받을 자격이 필요하단다. 이런 사진관 같지도 않은 곳에, VIP 서비스라도 있는 거야? 그럼 그 자격이 뭔데요, 물어보니 그건 가르쳐주지 않는단다. 다만 첫 번째 관문인 메뉴판에 적혀있는 저 작은 글을 본 것은 통과했다고 한다. 뭐야, 이게. 두 번째 자격은 역시 무응답으로 일관한다. 나는 더 이상은 안 되겠다 싶어, 그냥 합당한 증명사진 촬영 비용을 던지다시피 주고 빠르게 빠져나왔다.

삭제, 삭제가 뭘까. 사진 삭제라. 사진 파일을 삭제하는 것은 일도 아니다. 그냥 버튼 몇 번, 터치 몇 번만 하면 끝나는 일이잖아. 그걸 왜 그 큰 돈을 받으면서 하는 걸까? 아니,

진짜로 그걸 하러 가는 사람이 있을까?

앞서 말했듯, 나는 내가 궁금한 것은 어떻게든 알아내는 타입이다. 그 주변에 계속 있다 보면 누군가 한 명쯤은 삭제 서비스를 받지 않을까? 사진관 주변 카페에서 앉아있기로 했다. 내 친구와 함께.

친구에게 물었다. 야, 내가 전에 갔던 사진관에 사진 삭제라는 서비스가 있어, 그게 뭘까? 라고 했더니, 휴대폰에서 눈도 떼지 않은 채, 뭔 개소리야, 라고 말해주는 내 찐친. 그래, 내가 너한테 뭘 기대하겠니.

원래 우리 또래의 친구들, 이른바 '팸' 사이에는 꼭 또라이가 하나쯤은 끼어있다. 그가 하는 말은 실없는 말이 대부분이지만, 그 말속에 가끔은 큰 의미가 숨어 있을 때도 있다. 무엇보다 함께 다니다 보면, 끊임없이 주변을 말로 웃겨주며 분위기를 좋게 만든다. 분위기를 좋게 만들 뿐 아니라, 언변도 좋은 편이라 곤란한 상황에 있을 때 도움을 줄 때도 많고, 눈치가 빨라 함께 있어서 얻은 이익도 많다. 심지어 운도 잘 따른다. 내 옆에 있는 이 친구도 그런 사람이다. 분위기메이커이다. 없어서는 안되는 친구인 것이다. 조금 장황하게 표현했는데, 아무튼, 결국 쟨 또라이다.

휴대폰에 눈알이 박힌 줄 알았는데, 언제 다시 떼서 눈에

집어넣었는지, 나보다 더 빨리 사람을 찾았다. 야, 저기 사진관에서 누구 나온다. 역시 또라이, 눈치가 빠르네 친구. 허리까지 오는 굉장히 긴 생머리를 한 내 또래로 보이는 여자다. 우리 또래 여자애들은 인스타그램에 이쁘다고 난리라는 곳을 갈 텐데, 왜 지도에도 없는 이런 곳을 온 거지? 뭔가 있어, 분명.

저기요, 다짜고짜 말을 건넨다. 나오던 사람은 흠칫, 놀란다. 내가 다가오는 것도 몰랐던 듯, 생각에 잠겨있는 것 같았다. 죄송한데, 혹시 이 사진관 자주 이용해보셨나요. 돌아오는 대답은 다름 아닌 왜요, 였다. 그러게요, 저도 왜 이런 걸 물어보고 있을까요. 아, 맞다. 사진 삭제라는 서비스, 아세요?

삭제라는 말을 듣자마자 흠칫, 하는 오늘 처음 본 분. 나에게 왜 이런 시련이 생기는가, 하는 눈치다. 거짓말을 잘 못하는 것을 티 내는 듯 떨리는 목소리로, 저는 잘 몰라요, 라고 한다. 모른다는 말을 아랑곳하지 않고 나는 알려달라고, 한 번 더 말하기 시작했다.

옆에서 가만히 지켜보던 친구가 나에게 미쳤냐고 물어본다, 그런 예의는 어디서 배워먹은 거냐고. 맞아, 내가 지금 왜 이러고 있는 거지, 고작 사진 삭제라는 두 단어 때문에 이러고 있는 거야? 다시 이성을 찾은 나는, 죄송합니다, 거듭 사과드렸다. 친구도 나름의 변호를 해주었다. 원래 이런 친구가 아닌데 이상해졌다고. 얘는 열정 많은 게 장점인데 가끔 이런 부작용이 생긴다고. 어이, 야, 나한테 왜 그러냐?

마지막으로, 나와 친구는 재차 사과한다. 그리고 살펴 가세요, 하고 가려던 찰나.

"...알려드릴까요?"

...기억을 지운다고요? 이게 무슨 일인지 궁금해 미치는 친구를 처음 본 분의 요청으로 떼놓고 왔다, 물론, 약간의 커피값이 내 지갑에서 나갔다. 흑- 내 피 같은 돈... 그나저나, 기억을 지운다니, 그게 무슨 말도 안 되는 소리에요. 나의 또 다른 돈이 들어간 아메리카노를 쪼오옥-빨아먹는 아까 그 분. 저는요, 사실, 그, 음... 범죄 피해자예요.

켁, 아무 생각 없이 삼키던 바닐라라떼가 갑작스럽게 목을 때린다. 놀랐나요? 싱긋, 웃으면서 물어보는 그분. 당연하죠, 안 놀랐겠어요? 아, 일단... 죄송해요. 오늘 신세 지는 게 많네요. 괜히 별로 좋지도 않은 기억을 꺼냈네요.

저, 그 기억 안 나요. 말씀드렸잖아요.

싱긋, 웃어 보이며 자신의 머리를 수박 두드리듯 툭툭 노크하는 여성분. 그 기억, 지웠어요. 거기서요.

아니, 지웠으면 그 사실 자체도 기억을 못 해야 하는 것 아닌가요. 사진사는 그 사진과 관련된 기억을 선택적으로 지워줄 수 있다고 한다. 그럼, 사진만 있으면 사실상 만능이라는 말이잖아.

그 여자분 말씀으로는 우연히 알게 된 사진관을, 거의 매일 가서 사진을 찍고, 그러면서 상담 비슷하게 사진사와 친해지니 기억을 지워주었다고 한다. 사진사와 친해지라고? 내가 또 한 친화력 하지.

사진사와 친해지기 프로젝트 첫날, 사과하러 갔다.

안녕하세요, 제가 전엔 너무 예민했나 봐요. 사진이 얼마나 힘들게 찍히는 것인지도 모르고, 다짜고짜 편집해달라고 했죠. 죄송해요. 그것도 꽤 노가다일텐데. 제가 그땐… 회사 일이 너무 복잡해서 감정 조절이 힘들었나 봐요. 사진사는 그저, 무심한 듯 고개만 끄덕끄덕, 했다.

둘째 날, 왜 하필 녹색 배경인지 물어보았다.

녹색? 내가 좋아해서, 사람 눈에 가장 편한 색이 녹색이야. 숲의 색, 나무의 색이잖아. 혹시 너도 맨날 스마트폰인지 뭔지, 노트북이나. 그런 거 보고 살고 있으면, 가끔 초록색을 띄워봐. 사실 직접 숲에서 보고 오는 게 제일 좋긴 해. 블루라이트가 섞인 초록은, 진짜 초록이 아니거든.

셋째 날, 사진사가 먼저 문을 열고 들어오는 나에게, 말을 걸었다.

어이 학생, 요새 왜 계속 오는 거야? 그런다고 환불 안 해 줘. 흠칫, 뭐라 말해야 하지? 머리를 굴려, 잔머리를 굴리라고!

아, 그...음... 사진 파일 좀 받으려고요. 요즘 다 인터넷 접수잖아요?

넷째 날, 하루 더 우려먹었다.

어..., 사진 파일이 안 왔어요, 제가 메일 주소를 잘못 썼나 봐요.

아, 안 보내셨어요? 얼른 보내주세요, 접수하게요.

사진사님이 학생 거 빡빡하네, 라고 받아쳐 주신다. 벽이 조금은 허물어진 게 아닐까, 생각해본다.

다섯째 날, 오늘은 어쩐 일로 사진관에 커피가 준비되어 있다. 그리고 저건... 녹차인가?

"앉아요."

어쩐 일로, 사진사님이 먼저 커피를 준비해서 나에게 선뜻, 건네주었다. 뭐지, 왠지 모르게 불안하다. 이번엔 또 무슨 말씀을 하시려고 그래요?

"삭제를, 그렇게 받고 싶었어요?"

얼굴이 차츰 뜨거워지는 것이 느껴진다. 다 알고 있었던 건가. 아니지, 어쩌면 누군가의 기억을 자유자재로 바꾸는 초월적인 사람인데, 모르는 게 이상한 거구나. 내 실수구나. 왜 그것도 생각을 못 한 걸까. 사진사는 나에게 기억을 지워서 좋은 것 없다고 말한다. 아쉽지 않냐, 소중하지 않냐. 갖은 이유를 물어본다. 그러다가 문득,

"그런데, 삭제가 기억을 지워준다는 건 누구한테 들었어요?"

아, 사실, 제가 몰래 사진관 앞에 서 있다가, 삭제 받고 나오는 것 같은 분 무작정 붙잡아서 캐물었어요. 아, 커피도 사주고요, 라고 말했다간, 사진사에게 필름으로 맞을 것 같았다. 하지만, 이미 기억을 지우는 대단한 사람 앞에서 거짓말을 해봐야 그게 얼마나 오래 가겠나, 거짓말을 할까, 생각도 했지만 솔직하게 말하기로 했다. 사실, 조금 전에...

"어, 또 보네요?"

사진사와 대화하면서 누가 들어오는지도 몰랐던 탓일까, 어느새 내 바로 옆까지 스윽 와있는 저번에 본, 허리까지 오

는 긴 생머리의 여자. 사진사의 눈이 반짝, 빛난다. '또'라는 단어에서, 눈치를 챈 것이 분명하다. 사진사를 확인사살을 해보려는 듯, 그녀를 떠본다.

"어, 이 친구 전에 본 적 있었나 봐요?"

"아, 저번에 여기 왔다가 나가는데…"

한발 늦었다. 내가 생각을 너무 길게 했다. 그냥, 그냥… 생각 안 하고 바로 말할걸, 사진관 앞에서 몰래 기다리고 있었다고 할걸.

"학생, 너 진짜 악질이구나?"

"뭐 어때요, 궁금했나 보죠. 덕분에 커피 잘 먹었어요. 그 집 아메리카노 맛있더라고, 저도 얼죽아라서요."

어이가 없다는 듯 허탈하게 웃는 사진사, 말이 길어질 것을 예상했는지 어느 순간 반말로 나를 대하기 시작했다. 그 여자는 나를 나름대로 열심히 변호해준다. 그러다가 중간에 할 말이 없어졌는지, 이 친구 정도의 고집이면 비밀이라도 잘 지켜줄 것 같지 않냐, 앞으로 크게 될 사람이다, 점점 그냥 생각나는 대로 말하기 시작했다.

"어차피 여기, 곧 문 닫지 않아요?"

"그렇지."

"그럼 그냥 한번 해줘요, 그 기분 알게."

곧 문을 닫는다. 그 여자의 말에 의하면 이 사진관은 곧 없어질 것이라고 한다. 건물 자체가 오래되어 함께 무너진다는 이야기. 여자의 계속되는 설득에, 사진사는 마지못해 알겠다고 한다. 그러면서, 그 여자더러 나에게 직접 설명 좀 해주라고 한다. 사진사는 그러면서, 자리에서 일어나 무언가를 가지러 간다.

"우리는, 밥을 먹는 거예요."

"네?"

저번에 본 적 있잖아요, 라고 말하는 여자. 내가 기억을 못 하고 있으니 일전에 자기 머리를 두드리던 것처럼, 내 머리를 똑똑 두드린다.

"텅 비었네."

"아니…"

그러다 문득, 며칠 전 상황이 떠오른다. 그때, 식사하셨냐고 물어봤죠, 라고 물어보니 그때서야, 눈치 더럽게 없다고 나를 면박 주는 여자.

"아시다시피, 삭제가 예사 서비스는 아니잖아요. 그래서 필요한 우리만의 암호에요. 식사는 하셨어요? 라는 말은, 기억을 지울 수 있을까요? 랑 같아요."

"왜 하필 식사에요, 그 많고 많은 말 중에."

"누군가에 대한 기억은 누구를 만나며 생기고, 보통 만나는 자리는 식사 자리잖아요. 소개팅이든, 친구끼리 만남이든. 일단 밥은 먹고 시작하니까요."

밥. 타인과의 모든 만남은 꼭 식사가 끼어있다. 거기에 나름대로 맞춰놓은 암호구나. 그러면 대답은 뭐로 하는 건가요.

"그 때 대답도 같지 듣지 않았어요?"

"아, 그것도 암호였어요?

까르보나라. 맛있지. 근데 왜 하필 까르보나라야. 발음하기도 힘든데.

"맛있잖아요."

"네?"

에이, 농담도 모르네, 하고 멋쩍게 웃는 여자.

"흰색이에요."

"이것도 혹시 농담인가요?"

"하얗다, 라는 말은 주로 어떤 단어를 수식하나요?"

"네?"

뭐지, 내가 영어 시험 준비하는 걸 알고 있나, 갑자기 무슨 영어 문법 문제 푸는 것 같네. 그래, 형용사는 명사를 수식하지. 관형명. 관사, 형용사, 명사. A white noodle. 아닌가? 참, 나 영어 성적만 있으면 회사 안 가지. 아무튼… 이게 아닌데.

"거짓말이죠."

"네?"

"하얗다, 일반적으로 색이 진짜로 하얀 물체 말고는, 거짓말에 가장 많이 쓰이잖아요."

맞아, 하얀 책, 하얀 화면, 하얀 피부… 그런 것 말고 하얗다는 수식을 받는 건 거짓말이 가장 대표적이지. 하얀 거짓말.

"그런데 왜요?"

"하얀 거짓말은… 누군가를 계속해서 만나기 위해 필요한… 음… 요리로 치면 조미료 같은 존재예요. 없어도 되지만, 있으면 더 맛있을 확률이 높은 것처럼요. 누군가를 만난다는 것은 요리고, 하얀 거짓말이 조미료죠."

제가 설명을 잘한 것이 맞는지 모르겠어요, 라며 무안한 듯 웃는 여자, 사진사가 한참 동안 무언가를 뒤적거리더니, 다 찾았다는 듯 여자와 나를 부른다.

"학생, 경험은 누군가를 만나는 기억에서 생기는 거야. 물론 혼자 하는 경험도 많지만, 대부분의 직간접 경험은 타인과의 교류를 통해 이뤄지지."

"그렇죠."

"그 누군가를 만날 때, 반드시는 아니지만 필요한 것이 선의의 거짓말, 즉, 하얀 거짓말이야. 우리는 그걸 까르보나라로 비유해서 암호를 만든 거야."

쳇, 어차피 지가 다 말할 거면서, 라며 툴툴거리는 여자, 나에게 따라오라며 사진사가 앉아있는 테이블로 안내한다. 테이블 위에는 코팅지와 네임펜이 있고, 사진사에게 똑같은 사본이 있다.

"'사진 삭제 계약서'...? 이건 뭔가요?"

"너도 알다시피, 이건 특별한 행위잖아. 비밀이 보장되어야 하고, 조심스러워야 하지."

이어, 사진사는 계약서의 내용을 하나하나 설명해준다. 생각보다 양이 많다. 첫째, 사진 삭제의 대상의 조건은 똑같은 일상이 아닌, 하루하루 다르게 살아나가는 사람들 중에서 이 사진관의 단골손님으로 할 것. 둘째, 사진 삭제를 할 때, 반드시 이 계약서를 보는 지금 눈앞의 사진사와 상담할 것. 셋째, 삭제하려는 사진의 합당한 삭제 이유를 들어 사진사를 설득할 것. 넷째, 삭제하는 것과 관련된 경험 일체를 사진사와 공유할 것. 머리가 아프다. 한국어가 이렇게 어려운 거였나.

"하나같이 말이 많고, 어렵네요."

"계약서가 다 그렇지. 너 사이트에 회원가입 할 때 약관 보고 체크하냐?"

"...아뇨. 누가 봅니까, 그걸."

"이건 그러면 안 돼."

사진사는 계약서의 조항을 하나하나 설명해주었다. 첫 번째 조건은 막상 들어보니 별거 아니었다. 그저 똑같은 일상을 살다가, 사진관에 방문하는 것 자체가 평소 루틴을 벗어나는 것이다. 즉, 자주 방문하면 단골이 됨과 동시에 똑같은 일상이 아니니 계약 조건을 만족하는 것이었다. 두 번째는 그저 기억을 잘못 지울까 봐 노파심에 쓴 것이고, 세 번째는 삭제 남용 방지란다.

"너 같은 사람 있을까 봐 쓴 거야."

"제가 뭘요?"

네 번째는, 앞으로 나처럼 어디서 주워듣고 삭제하러 올 사람에게 말해주기 위한 조항이었다. 기억 삭제의 부작용을 설명하기 위해 타인의 경험을 공유하는 것이었다. 어째 다 내가 찔리냐. 혹시 이거 방금 만든 계약서 아냐? 원래 있던 거야? 내 생각을 아는지 모르는지, 서명을 강요하는 사진사. 무거운 압박때문에 계약서에 서명했고, 종이를 획, 낚아채 감과 동시에 바로 이유를 물어보는 사진사.

"그래, 넌 어떤 사진을, 왜 삭제하고 싶은 거야?"

"아...음..."

헉, 이렇게 급하게 전개될 줄은 미처 생각 못 했는데, 내 기억에서 없애고 싶은 일이 있나? 그런 사진이 있나? 나는 급히 가방을 찾아보았다. 엇, 애증의 사진이 나왔다. 헤어진... 여자친구와 함께 찍었던 사진.

"이거요."

"왜?"

사실 눈에 보여서 그냥 드렸어요, 라고 할 수는 없으니,

이유를 막 만들어본다. 어떻게든 설득해야 하니까.

"이 친구는…예전에 저와 사귀었던 여자친구인데, 별로 좋은 기억이 아니에요."

"그게 다야?"

흠, 부족해, 라고 말하는 사진사. 옆에서 여자가 나를 빤히 쳐다본다. 정말로 그게 다라고요? 여자도 되묻는다.

"하루하루가 지옥이었어요, 감정 노동 같았다고요."

"흠…"

영 못 내키는 표정의 사진사. 몇 번을 되물어본다. 정말로 지울 것인지, 아예 잊어도 되는 것인지.

"네."

사실 나는, 그저 전 여자친구를 못 잊을 뿐이고, 그저 잊고 싶을 뿐이었다. 연애할 땐, 그저 좋았다. 내가 한 말은 사진사를 설득하기 위해 만들어낸 말일 뿐이다. 사진사는 체념한 건지, 짧은 한숨을 쉬고, 아까 그 녹차 같던 용액이 담긴 컵을 꺼낸다.

"어, 이것도 주시는 건가요? 아까 커피 마셨는데."

"이거 먹으려고? 그러면 너 여기 없어."

"네?"

"이거 기억 지울 때 쓰는 용액인데? 녹차치고는 색이 너무 녹색 같지 않니. 여기에 사진을 담글 거야."

이제 보니, 녹차치고는 색이 좀 진해 보이긴 하다. 괜히 민망해서 대화 소재를 바꿔본다.

"여긴 스크린도 녹색이더니, 이런 것도 녹색이네요."

"내가 혹시 전에, 이게 왜 녹색이라고 했는지, 기억나?"

"…"

내가 오래 침묵하자, 여자가 끼어든다.

"눈이 덜 피로한 색이, 녹색이라고 했잖아요."

"역시 넌 저거랑 다르네."

이제 나보고 저거라고 하네. 아니, 사람이 좀 까먹을 수도 있지…

"너, 보통 만화나, 영화에서, 독약이나 이상한 액체 용액들 있잖아. 그런 것들 무슨 색으로 나오던?"

"음... 안 본 지 오래라 기억이 안 나는데요."

"눈치도 없구나, 녹색이니까 물어봤겠지. 잘 생각해봐, 다 녹색으로 나와. 더 자극적으로 보이려고 형광 티도 좀 내지."

"...그래서요?"

"녹색이잖아, 겉보기는 편하게 보일 수 있지만, 방법에 따라서 독이 될 수도 있다는 거야. 사실 그래서 녹색을 좋아해."

옛날 사람들이 녹색 물감 만들 때, 비소를 썼다는 글을 본 적이 있어요, 라며 여자가 한 마디 덧붙인다.

"그래도 저는, 해보고 싶어요. 궁금해요. 어떻게 될지."

"기억을 삭제하면, 되돌릴 수 없어."

"괜찮아요. 저 사진 속 인물을 보고 싶지 않아요. 관련된 모든 기억을 지워주세요."

"후회할 수도 있어."

"안 해요."

어휴, 사진사가 한숨을 쉰다. 내가 너무 단호하게 대답해서 그렇겠지.

"내가 사진을, 이 용액에 담그면, 넌 눈을 감아."

내 옆에 있던 여자는, 오, 삭제 과정을 처음 지켜보는 듯, 신기해하며 쳐다본다. 맞아, 삭제한 적은 있어도 눈을 감았으니 본 적이 없겠구나.

"여자분 그만 보고, 눈부터 감아."

"네.."

몇 초가 지났을까. 나는 어느새 얼마나 감았는지도 모르는 채로 시간을 보냈다.

"떠."

"네."

용액 안에는, 사진이 담긴 적이 없었던 듯, 그저 평온한 초록색 액체만 담겨있다.

"오, 사진이 정말… 녹듯이 사라졌어요. 신기하네요. 저도 실제로 본 건 처음이라서요."

"부럽네요, 당사자는 과정을 못 보는 게 좀 별로네요."

사진사는 용액을 다시 치운다. 그러고는 씨익, 웃으며,

"돈은 줘야지, 메뉴판에 개미만 한 글씨 봤잖아, 가격."

10만 원이라는 거금이 적혀있던, 그 메뉴판을 가리키며, 돈을 요구한다.

맞아, 나 사진 삭제했었지. 근데 말이야.

"...제가 삭제한 사진이 뭐였죠?"

눈만 깜빡깜빡, 하고 있으니, 옆에 있던 여자는 나를 빤히 쳐다본다. 그러고는,

"효과 직빵이네요."

라고 웃으며 말하는 여자. 뭐지, 머리가 텅 빈 것 같아. 이 기분, 뭘까. 이게 기억을 삭제한 거구나. 진짜로 되긴 되는구나.

"제가 왜 그때 사진관을 나와서 어안이 벙벙했는지 아시겠죠?"

싱긋 웃어 보이며, 처음엔 좀 적응하기 힘들 거라고 말하고 사진관을 나가는 여자. 맞은편에서 다시 자기 할 일을 하는 사진사는 어떤 생각을 하는지 도저히 표정을 읽을 수가

없다.

"어...일단 돈은 탁자 위에 올려놓겠습니다."

"그래요, 가봐요."

사진관을 나가려고 했는데,

"제가 사진을 삭제한 것 맞죠? 그러니까… 기억을 지운 것 맞죠?"

"맞아요."

"...무슨 사진이었나요?"

"어떤 여자던데."

어떤 여자.

여자...

...

누구?

어딘가를 걷고 있다. 분명 익숙한 곳이다. 눈에 익은 곳이다.

저 옆엔 벤치가 있었어. 벤치 위에는 장미가 한가득 피어 있을 거야. 분명 내가 봤으니까. 언제인지는 모르겠지만.

맞아, 휴대폰 갤러리에 여기서 내가 찍힌 사진이 있었던 것 같아. 누구랑 갔는지는 모르겠지만.

흠, 대체 누가 찍어준 거지? 그리고 나는 왜 여기에 혼자 덩그러니 있는 거지?

주위를 둘러보았다. 아무도 없다. 여기요! 소리를 질러 보아도, 주변에 인기척 하나 없다.

엇, 저기 사람... 나랑 똑같이 생겼네. 벤치 옆에 앉아, 옆을 향해 카메라를 들어 보이는 그 사람. 렌즈가 바라보는 곳에는 긴 머리를 묶고 있는 한 여성이 보인다.

나랑 똑같이 생긴 사람, 카메라의 뷰파인더를 바라보다가 고개를 살짝 돌려, 나를 본다. 그러고는 옆의 여성을 부르는 눈치이다. 입 모양은 말하는 모양인데, 목소리가 들리지 않는다.

나는, 나를 가리킨다. 정색을 하고는. 그리고 그 여자를 부르며, 나의 손가락이 가리키는 나를 보라고 한다. 나는, 그 여자 쪽을 보았다. 머리를 묶다 말고 여자도 내 쪽을 바라보는데.

얼굴에 눈코입이 보이지 않는다. 마치 포토샵을 이용해 지운 것만 같다. 아니, 이건 마치 스케치북에 그린 그림 같다. 얼굴이 평평하다. 명암이 없다. 코 옆에 있어야 할 그림자가 없다. 볼에 있어야 할 보조개가 없다.

마치, 얼굴 위에서 블랙홀이 생긴 것처럼 얼굴이 가운데로 빨려 들어간다. 헉, 나는 놀라 또 다른 나를 바라보았다. 나도, 얼굴이 없다. 분명 아까는 있었는데...

나는 나도 모르게, 내 얼굴을 만져보았다. 분명 코가 있어야 하는데, 콧구멍이 있어야 하는데, 평평하다. 입, 입도 없다. 혀가 만져지지 않는다. 눈, 나는 저 클론들을 어떻게 보고 있는 거지? 모든 것이 평평하다. 나무판자를 만지는 느낌이다. 그러다가 평지 가운데로 손이 쑤욱, 빨려 들어간다. 안돼, 이거 뭐야. 온몸에 소름이 돋는다.

"...헉."

눈을 번쩍 뜬다. 손이 떨린다. 등에는 땀이 흥건하다.

새벽 4시 45분.

"휴..."

안도인지, 불안함인지 모를 한숨이 나온다. 오른손은 본능적으로 내 눈코입이 있는지 먼저 살폈다. 입과 코, 눈. 멀쩡하게 달려있다. 피부와 피부가 맞닿는 느낌이 딱 맞다.

또 다른 느낌, 주륵, 코에서 피가 나오는 느낌이 너무나 생생하다. 벌써 며칠 째야, 매일 이런 악몽을 꾸며 깬다.

집의 불을 켠다. 우연히 본 책장 맨 위에, 덩그러니 올라온 분홍색 박스가 보인다. 저게 뭐지.

박스를 열어보니, 못 보던 글씨체와 함께 나와 누군가 같이 찍은 사진, 화장품, 향수, 칫솔 등이 보인다.

만나줘서 고맙다는 내용의 편지, 그리고 나와 함께 찍은 사진. 아마도 이 사람의 글씨로 보인다. 사진, 사진...

맞다, 사진관. 삭제.

아침에 사진관을 가봐야겠다.

사진관에 들어갈 때마다 들리는 문에 달린 익숙한 종소리는 지금도 변함이 없다. 어두침침한 아우라를 물씬 풍기며 사람인지 유령인지 헷갈리는 사진사 역시 여전히 변함이 없다. 하지만 며칠 사이 눈에 띄게 초췌해진 내 모습을, 사진사는 쉽게 파악했다.

"힘들지?"

"...네"

사진사는 씨익 웃으면서 처음엔 다 그렇다며 넘긴다. 그럼 다른 사람들도 나와 똑같은 경험을 한 건가? 그렇다면, 전에 만난 그 여자도 나랑 같은 경험을 했던 건가... 이런 꿈을 꿨을까...

나는 사진관 중간의, 기억을 지울 때 앉았던 그 테이블에 엎드려 한동안 가만히 있었다. 잠든 것은 아니다. 생전 처음 느껴보는 감정을 얼굴과 몸이 어떻게 표현을 해야 할지 몰라 일단 다짜고짜 엎드려 본 것이다. 이 이상한 느낌을 표현하는 방법을 생각하는 중이다.

"왜, 뭐 때문에 그렇게 힘들어하나."

"..꿈에 나와요."

오호, 꿈에 나온다고. 사진사는 컴퓨터로 포토샵을 두드리다 말고 내가 앉아있는 책상 옆으로 스윽 와서 맞은편에 앉는다. 나는 사진사에게, 내가 며칠간 똑같이 꿔온 꿈의 내용을 말했다. 어디서 본 적이 있는 듯한 장소에, 나와 똑같이 생긴 사람과 한 여자가 함께 있는 것을 보고 있다고. 그런데, 여자의 이목구비가 없다고. 얼굴이 평평하거나, 이목구비가 가운데로 빨려 들어가고 있다고. 이 말을 하는 동안에도, 빨려 들어가는 여자의 이목구비가 생각나 온 몸에 소름이 돋고, 몸이 떨려왔다. 사진사는 나에게, 따뜻한 믹스커피를 타주었다.

"릴랙스엔 이만한 게 없더라고, 여기서는. 따땃하고… 달달하고."

"…감사합니다."

커피를 한 두 모금, 홀짝홀짝 넘겼다. 속이 따뜻해서인지 몸이 나른해졌지만, 커피라서 그런지 잠이 쏟아지지는 않았다. 나는 긴장을 풀 의도의 짧은 심호흡을 하고, 말을 이어가려 했다.

"부작용이야, 그거."

"부작용이요?"

"기억을 지운 부작용이지."

약국에서도 약에 대한 부작용이 있으면 손님한테 말해주는데, 왜 저한테는 부작용을 말해주지 않았나요, 사진사님. 이렇게 생각을 하니 꼬리에 꼬리를 물며 화가 나에게 몰려왔다.

"왜 저한테 말하지 않았어요?"

"뭘"

"부작용이 있다고요, 그 중요한 순간에."

사진사는 그저 허허, 웃기만 한다. 저한테는 정말 중요한 순간이었다고요..! 내 일생일대의 궁금증이 해결되는 순간이라고요. 그런데 그게 이딴 결과를 가져올 줄은 몰랐지.

"학생, 아니, 인턴이지? 그런데 실상은 실습생이고."

"...그걸..."

"열 몇 시간씩 일하면서, 돈은 30만 원 밖에 못 받고."

"어떻게..."

"부장이 완전 꼰대라서 맨날 속으로 욕하지."

"..."

"아침에 커피 타오라고 시키면 침 넣을지 말지 고민하다가 믹스 스틱 그대로 젓지."

"네…"

"환경호르몬 들어가라고 그러는 거지."

"…"

"네가 방금 먹은 커피는 생각 안 해?"

"네…?"

에이, 사진사님, 설마요. 제 커피에다가 뭐 했어요?

커피를 3초 정도 빤히 보다가, 그런 나를 보는 사진사와 눈이 마주친다.

눈이 마주친 사진사는 빤히 나를 보다가 내가 시선을 피하자 웃는다.

"내가 커피에 뭘 했을까 생각 중이지"

"…네"

"앞으로 여기서 커피 안 먹을 거지"

"네"

"그 망할 회사 가서 아침마다 커피 탈 때 여기 생각나겠지"

"네에...엄청요. 그리고 앞으로는 숟가락으로 젓겠습니다."

"그거야."

"네?"

내가 회사에서 숟가락으로 커피를 젓게 하려고 이런 큰 그림을 그린 거야? 사진사 당신 도대체 뭐 하는 사람이야, 부장이랑 아는 사이였어? 세상에, 어떻게 엮인 거야?

"나랑 너의 부장되는 사람이랑 아는 사람 같은, 말도 안 되는 생각하고 있지, 지금."

"아...아니거든요!"

"나, 네 부장 몰라. 그저 경험의 중요성을 말해주고 싶을 뿐이야."

"경험이요?"

"이거야, 경험의 중요성."

"무슨..."

"너는 나한테 커피를 받으면서, 이런 이야기들을 들었지."

나는 사진사에게 커피를 받았다. 커피에 관한 이야기를 들었다. 뇌에 커피에 관한 사진사의 말이 저장된다. 커피를 볼 때마다 나는 사진사의 말을 떠올리게 된다. 그렇게 해도 되는, 또는 안 되는 행동과 그 이유를 알게 된다. 사진사는 커피에 무슨 짓을 했을 것 같은 언질을 주었고, 나는 그것을 의심했고, 앞으로 커피를 마시기 껄끄러워진다. 회사에서 내가 다른 사람에게 줄 커피를 탈 때, 내가 하는 행동과 사진사의 행동이 오버랩된다. 나는, 뜯은 스틱을 컵에 넣으려다가 멈출 것이다. 그리고 숟가락을 가져오겠지.

"내가 너에게 고작 커피 한 잔을 주는 것만으로, 너는 커피에 관해서 앞으로 벌어질 수많은 일에 대한 결정권을 갖게 되는 거야."

어...너무 많은 이야기를 들은 것 같은데요, 사장님. 저는 그저 제가 이런 꿈을 꾸는 이유를, 매번 잘 때마다 이런 꿈을 꾸는 이유를, 부작용을 겪는 이유를 알고 싶을 뿐이라고요.

내가 이해를 하지 못하는 표정을 짓자, 거 정말 답답하다며, 더 긴 이야기를 풀기 시작한다. 예전에 사진사에게 사진에 대한 이야기를 들을 때는 그저 지겹고, 듣기 싫었는데, 지금 이 이야기를 들을 때는 나도 모르게 재미를 느끼며 계속 듣게 된다.

"운전면허 있나?"

"네, 있죠."

"처음에 운전할 때 어땠어."

"...무서웠죠."

"지금은?"

"아직도 무서워요."

에라이, 사진사는 나더러 눈치가 없는 건지, 말이 안 통하는 건지 모르겠다며 나 주라고 놔둔 커피를 홀짝 마신다. 그러면서 화를 참으려는 듯 심호흡을 한다.

"너, 출근할 때 기능시험장 안에서처럼 시속 10km로 달리냐? 아니잖아!"

"당연하죠, 당연히 그렇죠."

"넌 그 깡이 그냥 나왔다고 생각해?"

"..."

문득 뇌리에 생각이 스친다.

"경험을 쌓는 것이군요. 운전 경험. 그래야 실력이 늘어나니까."

"이제야 말이 통하네."

"...그런데 운전이랑 꿈과는 무슨 상관인데요?"

커피잔을 잡던 사진사의 손이 다시 덜덜, 떨린다. 화가 나나 보다. 괜히 미안해져서, 멋쩍게 웃으며 한 번 더 드시라고 권했다. 사진사는 다시 커피를 홀짝 마시고 짧게 한숨을 내뱉는다.

"내가 이렇게 하나하나 예시를 들 뿐이지, 모든 일에서 경험은 중요한 거야. 운전만 해도 봐, 초보운전에서 계속 연습하면 베스트 드라이버가 되겠지. 몇 번 운전하다 보면 어느 시간대가 막히는지, 어느 도로가 자주 막히는 길인지 알아서 알게 되어서 피해 가겠지."

"그렇죠... 많은 예시가 있군요."

"너 아인슈타인이 한 말 몰라?"

"..."

유일한 지식의 원천은 경험이다. 분명 어디서 들었다.

어딘가에서, 분명 들은 적 있다.

"알긴 아네, 아는 사람이 왜 이렇게 답답해?"

사진사는 나에게 정말 속을 당최 모르겠는 사람이라고 한다. 하긴, 내가 생각해도 그런 것 같아. 사람 마음 아는 사람이 어디에 있겠어.

"이쯤 들었으면, 알 것 같으니까 얘기해줄게."

"뭘요?"

"네 꿈 말이야, 아니, 그렇게 궁금해하던 사람이 왜 몰라?"

앗, 맞네요. 사진사님의 연설에 너무 감격했나 봐요. 이제 말해주세요. 생각해보니까 나 오늘 새벽까지 그 괴상한 꿈 때문에 반쯤 미쳐있었잖아. 맞아요, 도대체 이런 꿈은 왜 꾸는 걸까요. 난 개운하게 머릿속이 정리될 줄 알았지.

"너는 너의 경험을 강제로 지우려 했기 때문이야."

"강제로..."

사진 삭제라는 것이 기억을 강제로 지우는 거잖아요. 기억을 강제로 지우는 것 아니면 어떻게 지워요. 기억은 지울 수가 없어요. 잊은 것 같다가도 하나가 기억나기 시작하면 꼬리에 꼬리를 물고 생각난다고요.

"기억은 강제로 지울 수가 없지?"

"그렇죠, 제 생각을 꿰뚫으셨네요."

"그러면 가지고 싶지 않은 기억도 무조건 가지고 살아야 할까?"

"..."

가지고 싶지 않은 기억이 뭘까. 기억을 강제로 가지게 된다. 기억은 경험에서 나온다. 경험...강제로... 가지고 싶지 않은 기억, 하고 싶지 않았던 경험.

"나는 트라우마를 잊게 도와주는 것이 진짜 일이야."

"아, 트라우마... 잊고 싶은..."

잠깐 정적이 흐른다.

"모든 것은 경험하면 그게 기억으로 남아. 물론 경험은 지식의 원천이고, 앞으로 네가 할 결정에 수많은 영향을 미치게 되지. 대체로 결정은 해를 피하는 쪽으로 하니까, 결론적으로, 자신에게 긍정적인 영향이지."

"...그렇죠."

"그렇다면, 하고 싶지 않았던 경험을 강제로 하게 된다면, 어떨 것 같아?"

"...어떤 건가요."

쩝, 사진사는 잠시 골똘히 생각하더니 스크린에 사진을 띄운다. 사진관의 불이 자동으로 꺼진다. 녹색인 스크린 위에 띄운 사진이라 그런지, 사진에 네거티브의 필터가 씌워진 것처럼 색이 반전되어 보인다. 그 덕분에 사람의 이목구비는 물론, 팔, 다리 등의 신체까지 색이 달라 더 소름 돋는 효과를 만들었다. 나도 모르게, 몸이 떨렸다.

"다른 사람은 너처럼 꿈을 꾸지 않아, 부작용도 없어."

"왜죠?"

"자, 스크린의 저 사람. 누구 같니."

스크린 속에는 한 남성의 뒷모습 전신사진이 찍혀있다. 하지만 뒤를 돌아보는 도중에 찍혔는지, 오뚝한 코와 날카로운 눈매는 보인다. 사진이 약간 흔들려 프로젝터의 화질이 떨어지는 것으로 착각할 뻔했다.

"키가 크네요, 얼굴도 반반하고."

"..."

사진사는 프로젝터를 끈다. 하지만 불은 켜지 않는다. 테이블 위에 있는 캔들 워머에 작은 향초를 올리고 가장 밝게 불을 켠다. 은은한 향이 퍼진다.

"사진사님, 생각보다 감성적이시네요."

향초의 가운데가 차츰 녹아내려 웅덩이를 만들기 시작한다. 사진사는 무슨 생각인지 향초의 웅덩이 부분을 계속 보고 있다.

"학생, 그 여자 기억나나? 네가 커피 사주고 우리 사진관 정보 캐내려고 쓴 그 사람 말이야."

"...아니 뭔가 오해가 있으신 듯한데... 말씀을 왜 그렇게 하세요. 저는 그저 궁금했을 뿐이에요."

"저 사진 속 남자가 그 여자분한테 큰 트라우마를 준거야."

사진사의 말이 끝남과 동시에 내 머리에 지난번 기억이 스쳐 갔다. '사실 저, 범죄 피해자예요.'

"...저거가 뭘 했는지요."

"그건 나도 몰라, 트라우마가 된 기억을 굳이 꺼내고 싶지 않았겠지. 피해자라는 것만 말해주고 어떤 피해자인지는 말을 안 해주더라고. 그리고 삭제를 하고 나서는 기억을 못 하니까, 나도 모르지."

"..."

옆자리에서 그 여자가 나를 지켜보는 것만 같은 기분이다. 알면 안 되는 것을 알게 된 것 같다. 그 여자에게 매우 미안해졌다. 그 기억을 지우지 않은 상태로 사진관을 나왔다면, 나를 바로 마주쳤을 때 어떤 생각을 했을까, 몸이 어떻게 반응을 했을까.

"정말 많은 사람이 그동안 나한테 왔다 갔어."

"얼마나…"

"다양해, 한번은 초등학생에서 중학생 정도 보이는 앳된 친구가 오더라고."

"삭제 받으러요? 왜요?"

"가정폭력, 아동학대."

헉, 나도 모르게 말문이 턱, 막혔다. 어린 나이에...

"...괜한 걸 들어버렸네요. 남이 잊고 싶은 기억을..."

"들어도 돼. 이것도 계약서 내용이니까."

"아..."

"다양하게 왔어. 아까 말한 가정폭력부터 데이트폭력, 학교폭력, 리벤지 포르노... 이 세상에 범죄의 종류가 그렇게 많은지 몰랐지. 어리석은 인간들이 너무나 많은 거야. 난 그저 몇몇 사람의 트라우마를 지워주고자 했을 뿐인데 말이야."

"세상에 너무 쓰레기가 많아요. 어쩌다가 이렇게 된 것인지... 그럼 저처럼 특이한 경우나, 좋은 경우는 아예 없는 건가요."

사진사는 프로젝터를 다시 켜고, 사진의 목록들을 찬찬히 살펴본다. 앨범에 보이는 사진 파일의 수는 너무 많아서 숫자가 글상자 안을 벗어나 있다. 숫자가 4개, 9, 6, 2, 8... 보이고, 마지막 숫자는… 5인가? 5가 절반 정도 잘려져 있다. 그러니까, 최소 9만 6천 명의 기억을 지웠다는 거잖아. 도대체 언제부터 여기에 있었던 거야. 당신...

"있네."

사진 하나를 보여준다. 배경은 병원 같다. 산소마스크를 쓴 채로 누워있는 환자 한 명...

"...환자 때의 기억을 지운 건가요? 너무 아파서?"

"아니야."

뭐야... 극적으로 회복한 환자의 아픈 기억을 지워준 것 아니었어? 아팠던 기억은 충분히 트라우마가 될 만한데.

"생각이 짧구나, 너."

"근데, 이게 맞지 않나요? 그럴 것 같은데..."

"물론 아픈 사람들은 그럴 수도 있지, 근데 이번엔 조금 다른 경우야."

"뭔가요?"

환자를 이렇게 찍는 경우는 보통 뭐가 있을까, 그리고 그 기억이 트라우마가 되는 경우는 뭐가 있지? 자기 자신, 가족, 먼 친척, 친구...

"의사야."

"네?"

저 환자가 의사라고? 본인이 아팠던 건가? 아니면...

"저 환자는 돌아가셨다."

"아..."

"저 환자는, 기억을 지우러 왔던 의사와 각별한 사이였지, 둘도 없는 친구 사이였다고 해."

"그런데 그 친구가 치료하기 힘든 병에 걸린 거군요."

"현실적으로 사실상 치료가 불가능한 병이라더라. 나한테 왔던 의사는 자기가 사는 곳에서 이름 대면 아는, 꽤 유명한 의사였어."

"치료 능력이 아무리 좋더라도... 신이 아니라면, 모든 병을 완전히 치료하는 건 불가능하니까요."

"...신?"

사진사가 나를 째려본다. 신이라는 단어에 살짝 화가 난 듯하다.

"신이라고, 뭐든 부작용 없이, 아무 일 없이 해내지는 않아."

"..."

"사람들은, 신을 왜 이렇게 맹신하는지 모르겠어. 뭐든 다 해주는 줄 아나."

내가 괜히 다 찔린다. 저는 종교가 없어요. 사진사님.

"...아무튼, 그래서 의사분이 자신의 친구를 치료하지 못했다는 것에서 큰 트라우마가 생긴 거군요."

"맞아. 다른 치료를 하는 중에도, 수술대 위에 누워있는 친구가 아른거려서 도저히 일을 못 할 수준이라고 하더구나."

"..."

굳이 말하자면, 이게 좋은 경우라고 한다. 사실, 기억을 지우는 것에서 좋은 경우는 없지만, 적어도 범죄에 당해서 생긴 트라우마는 아니고, 직업이나 제도 같은 사회적 불가항력에 의해 생긴 트라우마니까.

"이런 의사 외에도 많아. 기자부터 시작해서, 경찰, 변호사, 소방관, 판사... 다 이쪽 세계의 제도적 문제점들이지. 사람은 다들 좋은 사람들이잖아."

"..."

"자, 네가 지금 얼마나 특이한 경우인지 알겠지?"

나는 나도 모르게 고개를 푹 숙였다. 프로젝터에 있는 사진들을 지우러 왔던 사람들을 생각하니, 괜히 미안해졌다. 기억을 다시 돌려놓고 싶어졌다. 사진사가 나를 보는 시선이 느껴졌다.

"왜... 말씀 안 하셨나요."

"내가 만약 너에게 말했으면, 넌 내 말을 들었을 것 같아?"

"..."

"난 몇 번이나 되물어봤어. 진짜로 지울 건지, 넌 이 정도의 고통이 없는데도 불구하고, 그저 진짜인지 확인해보려고 없는 마음도 만들면서까지 나를 설득하려 했어."

"없는 마음이라뇨..!"

"그렇게 그 여자가 싫었으면, 그 여자 사진을 왜 가방 안에 넣고 다녔던 거지? 감정 노동 같았다며, 추억이 아니라며."

내가, 어떤 여자의 사진을 냈구나. 그래서 그 꿈에서 여자의 얼굴이 사라졌던 거구나. 감정 노동 같았다고 했구나. 추억거리가 아니라고 했구나. 사진사는 점점 얼굴이 달아오른다. 안 그래도 살짝 까만 기운을 풍기는 탓에 붉은 기가 섞여

핏빛으로 보인다.

"넌 잊고 싶지 않은 기억을, 트라우마도 아닌 너의 경험을, 추억을 강제로 지우려고 했던 거야."

"..."

"너의 무의식이 기억해. 그 여자와의 기억이 아름다웠다고 기억한다고. 넌 강제로 잊어보려고 했지만 너는 아직 잊을 준비가 안 되었다고. 트라우마가 아니라고."

말을 이어간다.

"기술 부족으로 친한 친구를 치료하지 못한 의사, 누가 봐도 죄가 없는 사람을 못난 법 때문에 변호하지 못해 감빵으로 보낸 변호사, 자신의 직업 때문에 필요한 순간에 도움을 주지 못한 기자, 어떤 짐승보다 못한 인간 때문에 자신의 몸이 인터넷에 떠도는 사람들, 단 한 순간의 실수로 사랑하는 가족과 생이별한 누군가의 어머니, 각자 트라우마를 가지고 살아가는 사람들은 정말 많다고! 난 그런 사람들을 도와주기 위한 거지, 너처럼 고작 사랑했던 여자친구를 잊고 싶다고 해서 기억을 지워주는 게 아니란 말이야! 하고 싶지 않았던 경험은 지워줘야 마땅히 인생을 살아나갈 수 있지만, 자신이 하고 싶었던 경험은 결과가 성공이든 실패든 지울 수 있는 게 아니란 말이다!"

얼굴이 달아오른다. 사진사의 얼굴인지, 내 얼굴인지.

"너는 심지어, 진실로 지우고 싶어 했던 기억도 아니었어. 그러니까 이런 벌을 받는 거야. 몸이 익힌 경험과 강제로 지워진 니 뇌의 기억이 얽혀서 이런 부작용을 만드는 거라고."

머릿속이 복잡하다.

"후우... 오랜만에 이랬더니 숨이 차네. 아무튼 넌, 뒤늦게 이럴 게 아니라 애초에 기억을 지울 생각을 말았어야 했어. 그 호기심이 널 망친 거야. 말릴 때 안 했어야지."

"정말...기억을 다시 살릴 수는 없는 건가요."

"될 거라고 생각해?"

"됐으면 좋겠네요."

문이 열리면서, 문 위에 걸려있던 드림캐쳐에서 소리가 난다. 익숙한 여성이 들어온다.

"아이 사진사님, 복도까지 소리 다 들려요. 듣고 있자니 참 야박하시네, 모든 경험의 원천은 호기심이에요."

"다시 왔네."

"기억의 원천은 경험이죠, 경험의 원천은 호기심입니다. 잘 아시는 분이 그러세요."

"그 호기심 때문에 이 친구가 어떻게 됐는지 모르겠니. 보이잖아."

"그래서 이렇게 빌고 있잖아요. 실패한 경험도 경험이라면서요."

여자는 나를 스윽 본다. 나는…언제부터 바닥만 보고 있었지? 고개를 들 자신이 없다. 나를 볼 사진사의 표정이 무서울 것 같다.

"고개 들어요. 당신 잘못한 거 없어요."

"…"

여자는 내 머리를 똑똑 두드리며, 턱을 잡고 내 고개를 세운다.

"이번엔 머리가 꽉 찼네요."

"…"

여자는 나를 대신하여 사진사를 설득해주기 시작했다. 하고 싶은 경험을 한 것은 좋은 것 아니냐, 결과가 긍정적이면 좋겠지만 부정적인 결과라도 교훈을 얻었으면 그걸로 된 것이다. 사진사님의 목적대로 해서는 안 될 경험을 누군가에 의해 강제로, 또는 제도적인 문제 때문에 하게 되었다면 가지고 싶지 않은 기억일 것이니 지워주는 것이 마땅하나 이번엔 경우가 다르다. 이런 각종 이유를 대고 있다.

그렇게 얼마나 지났을까.

"흐음... 학생."

"네."

"저번에 들은 적 있죠, 우리 사진관 문 닫는다고."

"....네."

곧 재개발에 들어가는 이 사진관. 사진사가 이를 다시금 말해준다.

"그럼 사진사님은 어디로 가시는 건가요."

"알 거 없고, 이쪽으로 와요."

설득을 하든 말든 야박한 건 여전하다.

"저 여성분이 여기 단골이라서, 너무 열심히 설득해서 딱 해서 다시 복구시켜주는 거야. 마지막이야, 어차피 여기 곧 문 닫으니까 마지막 서비스라고. 알아들어?"

"엇...네, 네네, 감사합니다..!"

기쁨에 찬 눈빛으로 여자를 바라보니 눈 한쪽을 찡긋, 해주는 그 여자. 감사합니다.

"그럼 해볼까, 자, 눈을 감고, 절대로 뜨지 마, 알겠어?"

"네."

"절대 뜨면 안 돼, 어떻게 될지 몰라."

"...알겠어요."

사진사는 그 이후에도 나에게 눈을 뜨지 말라고 대여섯 번 강조했다.

"아니, 하긴 하는 건가요?"

"...감아."

나는 눈을 꼬옥, 감았다. 눈을 감으니, 보이는 게 아무것도 없다. 암흑이다. 어두컴컴하다. 아무 소리도 들리지 않는다.

뭐지, 하고 있는 건가? 눈 뜨면 안 되는 건가?

사진사님, 하고 있나요?

무언가 불안해진다. 나 놔두고 도망간 거야?

여전히 눈을 감고 있어서 어둡다. 어떡하지, 눈 떠 볼까?

에이, 모르겠다. 5초만 세고 떠야지.

...5, 4, 3...

2...

1.

눈을 번쩍 떴는데 익숙한 소리가 들린다. 밤에 커튼을 걷어놓았는지 밖은 환하다. 옷장 위의 먼지는 보이지 않는다. 아침인가? 아침을 느껴보아야겠다.

옷장 위 먼지보다 사뿐히, 눈을 똑바로 뜬 상태에서 오늘 하루를 시작한다. 코안까지 침투한 먼지를 따뜻한 물로 씻어내 본다. 늘 그렇듯 물이 오늘따라 온도가 적당하고 몸도 나른하다. 이번엔 십 분 정도 욕조에 몸을 기대어 물에 누워본다.

...이게 뭐지. 문득 이런 생각이 든다. 꿈을 꾼 건가? 정말 생생한 꿈을 꾼 건가...? 그러다 문득, 욕조 옆에 있는 휴대폰을 조심히 들어 시계를 보니.

"헐, 미친…"

지각이다. 이대로면 분명 지각한다. 이런 망할 아침, 느낄 시간이 없다. 바디클렌저도 손으로 대충대충 문지르고 물로 헹군다. 머리는 감지도 못한다. 급한 대로 헤어 미스트를 뿌린다. 이러면 땀 냄새는 덜 나겠지. 젖은 머리로 나가서 도어락을 열고 엘리베이터를 타려고 버튼을 누르는데,

"28층…이십팔…"

엘리베이터가 너무 멀리 있다. 기다리다가는 늦는다. 급히 계단을 통해 지하 1층으로 뛰어 내려간다.

차의 시동을 건다, 늘 같았던 주파수의 라디오가 자동으로 켜진다. 다행히 시보가 울린다. 늦지 않았다. 늘 같은 시간이다. 다만 머리와 몸이 덜 말라 굉장히 축축하고 찝찝하다. 으, 이게 뭐야. 사이드를 내리고 출발을 해볼까. 지하에서 올라온다, 오늘은 고라니가 나오지 않네. 누가 술 좀 아침까지 먹었으면 좋겠다. 사람들은 너무 교과서야. 분명 사람의 뇌는 퇴화할 거야. 진짜로.

맨날 똑같은 생각만 하는데 발달할 이유가 없지. 꼬리에 꼬리를 무는 나의 생각을 끊는 존재는 하나다. 똑같은 방향으로 매번 가는 탓에 '즐겨찾는 경로'로 저장된 길을 누구보다 친절히 알려주는 아리따울 것만 같은 여성분의 목소리.

앞으로 30분간 정체가 예상됩니다.

잠시 멍을 때리느라 앞부분 멘트를 놓친 라디오의 목소리가 내 귀를 다시금 파고든다. 유일한 지식의 원천은 경험이다, 라는 내가 그 어떤 명언보다 잘 아는 아인슈타인의 명언을 인용하며 오프닝 멘트를 끝낸다. DJ가 직접 선정한 첫 곡인 People이 흘러나온다. 오, 내가 좋아하는 가수의 노래를 라디오에서 듣다니, 오늘은 운전할 맛이 조금은 날 것 같다. 어제보다 괜찮은 오늘도 오늘보다 찬란한 내일도, 나랑은 상관없어, 뻔한 하루가 또 멋대로 흘러가. 아, 이 얼마나 명가사인가. 내일도 오늘, 이 얼마나 나랑 똑같은 생활인가. 정말 공감되는 가사이다.

"어제보다 괜찮은 오늘도...나랑은 상관없어..."

노래를 따라 불러본다. 너무나 잘 아는 노래이기에, 가볍게 리듬도 타본다. 리듬을 타며 차선을 바꿔보려다 뒤에 있던 자동차에게 경적으로 두들겨 맞는다. 아, 맞아, 나 초보운전이었지. 휴, 안도의 한숨을 쉰다.

"...?"

의문의 한숨을 한 번 더 쉬어본다. 이상하게 공기가 맑다. 그때쯤, 첫 곡이 끝났다. 내일도 오늘이라는 마지막 가사와 함께.

"...어?"

마스크, 마스크! 보조석에 마스크가 있어야 할 텐데, 나 저번에 썼을 텐데... 아, 아침에 약국 문도 안 여는데, 일찍 여는 곳을 찾아봐야겠다. 정말... 나 또 왜 이럴까.

회사 앞 주차장에 도착했다. 늘 비어있던 자리가 이번에도 비어있다. 이번엔 한 번에 하고 말 거야. 최대한 조심스럽게, 공간이 비는 것을 보며 주차를 해 본다. 됐다, 거의 다 들어왔다. 막 기어를 P로 바꾸니, 주차장 입구에서 며칠 전 나를 비웃던 차가 내려온다. 흥, 이번엔 한 번에 성공했다고, 길 안 막았어, 갈 길 가라.

설마 또 있겠어, 하는 생각으로 보조석 앞 짐칸을 열어본다. 어라? 마스크가 있네. 오예, 언제 샀는지는 모르겠지만 마스크가 있다. 기분 좋게 뜯어 써본다. 이번엔 마음 놓고 문을 열고 내린다. 옆 차와 공간이 넓다.

회사로 향한다. 오늘 뿌린 미스트의 향이 내 코를 은은하게 자극한다. 안으로 들어가는데, 멀리 경비원님께서 나를 부른다. 저기요, 학생! 학생이라니, 저 여기 인턴이라고요, 저번에도 말씀드렸잖아요. 출입증을 자랑스레 들어 보인다.

"아아, 인턴이시구나, 오늘도 파이팅해요~"

"감사합니다~"

마스크에 가려 보이지 않지만, 이번엔 내 입도 눈과 함께 웃으며 경비원께 인사를 드린다. 나중에 자양강장제 사드려야지, 하고 생각한다.

안녕하세요라는 인사와 함께 오늘도 커피 드시겠어요, 물어보는 것으로 내 하루를 시작한다. 늘 먹던 거로, 난 믹스, 나 설탕 많이, 종류도 참 다양하다. 믹스 봉지로 저으려다가, 눈앞에 티스푼이 보이기에 그것으로 커피를 녹여본다.

"늘 먹던 커피 나왔습니다."

"어어, 고마워, 커피는 그 어떤 친구보다 네가 제일 잘 타더라, 잘 먹을게."

"에이, 과찬이십니다. 감사합니다."

자리로 돌아가는데, 뒤에서 아아, 이렇게 하는 거구나, 라는 깨달음의 소리가 들린다. 뭐지? 드디어 성격이 바뀐 건가, 하고 생각하던 찰나, 까톡, 소리가 울린다. 오늘도 한 소리 듣겠군.

"...?"

내 컴퓨터가 아닌데.

"아아, 미안, 나도 드디어 자동 로그인 하는 방법을 알았거든, 양해 좀 해줘요."

"축하드립니다."

신세대가 된 것을 축하드리며, 나도 노트북을 켰다. 똑같은 소리가 들려왔다. 까톡.

"인턴 친구도 자동 로그인 한 건가?"

"아...네네, 이게 켜면 저도 모르게 이렇게 되네요."

"이거 무음할 방법을 찾아봐야겠네, 내가 찾아볼게, 일봐."

"저도 혹시 알아보고 말씀드리겠습니다."

"젊은 친구가 똑똑하네, 고맙다."

옆에 있던 다른 인턴이 나에게 귓속말로 '오늘 기분 좋으신가 보다'라고 속삭인다. 오, 오늘 칼퇴근 할 수 있겠는걸? 기대하며 친구에게 받은 채팅 내용을 읽어본다. 들었어? 올해부터 졸업 요건 바뀐대. 졸업 학점 줄었어! 대신 공인영어 성적만 있으면 된대.

얘 아침 댓바람부터 무슨 뚱딴지같은 소리야, 저번에 똑같은 내용 보내줬잖아. 보낸 적 있는 내용이라는 것을 증명해주기 위해 위를 올려보았는데, 그 친구와 나눈 대화 내용이 없다. 뭐지? 이상하다 싶어 USB 속 내용을 확인했다.

사진관에서 받은 내 증명사진 파일이 없다. 뭐지, 안 받은 건가? 하루가 너무 똑같아서 착각한 건가? 시험 접수 홈페이지에도 내 접수 기록이 없다. 머리가 복잡하다. 그럼 설마...

"..."

가방을 뒤적거렸다. 어떤 여자의 사진이 있다. 이 여자는...

이 사진은...

아직도 가끔 생각나는 헤어진 여자친구다.

"어...?"

뭐지. 뭐야. 이 사진이 왜 있는 거지? 뭔가 느낌이 미묘하다. 있으면 안 되는 사진이 있는 것 같은 느낌. 어느새 시계는 11시를 향해 간다. 점심시간이 되었다. 사진관, 사진관! 내 머리는 어느새 사진관이 있던 낡은 건물과 어두침침한 분위기를 풍겼던 사진사의 얼굴이 가득 채웠다. 지도에는 여전히 사진관이 나오지 않는다. 기억을 더듬어 사진관이 있던 골목을 찾았다. 사진관이 있던 쪽으로 달렸다. 계속 달렸다. 힘들다, 숨이 찬다.

"...헉..."

사진관이 있던 곳은...이미 무너져 내린 건물과 함께 잔해 더미가 되어 있었다. 정말로, 없어진 것인가. 사진사는, 삭제는, 내 기억은...

나는 주변을 둘러보았다. 사진관이 있던 건물의 주변은 온데간데없었다. 재개발의 경계에서 아슬아슬하게 벗어난 건지, 맞은편에 있던 건물은 무슨 일이 있었냐는 듯 그대로였다. 그때 또라이 친구와 함께 온 카페도 그대로였다. 그리고 그곳에서,

"...어?"

익숙한 스타일의 여자, 긴 생머리, 그때 그...

"저기요!"

"..."

멍 때리는 것도 여전하다. 내가 부르는 것을 못 듣는 눈치다. 여자 앞으로 무작정 뛰어가려다가, 멈칫, 다시금 천천히 걸어서 조금 더 크게, 불러보았다.

"...저요?"

"네! 혹시 저 모르세요?"

저곳을 알던 사람은 저희 둘 뿐이라고요, 삭제 서비스하던 사진관이잖아요, 저기 어떻게 됐어요. 저는 어떻게 된 건가요. 얼마나 눈을 감고 있었나요. 사진사분은 어디로 가셨나요. 정말 보고 싶었어요. 저 기억 안 나세요.

할 말이 너무 많았다. 이게 다 어떻게 된 일인지 너무 궁금했다.

"...사람 잘못 보신 것 아닌가요?"

"네? 저 모르시겠어요? 저기 있던 건물에 들어가 본 적 없으세요?"

사진관이 있던 2층을 손가락으로 가리켜 봤지만, 2층은 이미 없어진 지 오래다. 건물이 헐려있었으니까.

"저기에 건물이 있었어요? 저기 무너진 지 좀 됐는데...? 그리고 저는… 그쪽이 누군지 모르겠네요."

"..."

모르는구나, 나만 혼자 알고 있는 거구나.

그 여자는 내 절망감을 아는지 모르는지 그저 초롱초롱한 눈빛으로 나를 바라보았다.

"...아, 제가 다른 분하고 착각했나 봐요. 죄송합니다."

"..."

휴, 결국 이 존재를 아는 사람은 나 혼자인가... 아니면 정말 꿈이었던 건가... 혼란스럽다. 나는 뭘 한 거지? 그동안 있었던 일은 뭐지? 허탈하다. 뒤돌아서 터벅터벅 회사로 돌아가려 했다.

"...저기요!"

"네?"

여자가 내 뒤통수에 말을 건다.

마지막 기대를 걸어본다.

"...식사는 하셨어요?"

언택트

1.

 온 세상이 까만 바깥 속, 온통 벽이 하얀 이곳은 병원이다. 하지만, 복도에 보이는 사람은 거의 없고, 우주복처럼 생긴 옷을 입고 있는 의사들 한두 명만 지나다닌다. 한쪽 입원실에서 삐- 소리가 들려온다. 성별도 구별이 되지 않는 한 사람이, 소리가 들리는 입원실로 터벅터벅 걸어서 들어간다.

 입원실치고는 상당히 넓어 보이는 공간, 오른쪽 구석에 흰머리가 희끗한 노인이 누워있다. 오른손에는 채 놓지 못한 붓펜이, 왼손에는 종이 한 장이 들려있다. 침대 옆에는 심장박동이 없음을 말해주는 긴 직선을 표시하는 기계만이 보일 뿐이다.

 붓펜과 종이를 가져가는 의사. 꼬옥 붙잡아 놓아지지 않을 것만 같던 그 물건들은 의사가 손가락을 펴자 힘없이 펴진다. 눈을 채 감지도 못한 채 움직임이 없는 노인을 떨리는 손으로 감아주는 의사, 이내 양쪽 이불로 조심히, 노인의 전신을 덮는다. 또 다른 우주복 가운을 입은 의사가 들어와서, 입원실 문 위에 달린 CCTV의 메모리를 뺀다.

"...00시 30분."

"가실까요?"

"...네"

메모리를 노트북에 꽂는다. 얼핏 보면 우주복을 입은 의사는 녹화된 영상을 보기 버거운 듯, 정상적으로 보지 않고 바를 마우스로 잡고 끝으로 드래그한다.

"녹화됐어요."

"종이는?"

"있어요."

"스캔?"

"네."

의사들의 대화는 한 문장을 넘지 않는다. 이내 그 짧던 대화도 끝이 나고, 메모리를 빼던 의사는 노인이 들고 있던 종이를 복사기에 스캔한다. 노인의 눈을 덮어주던 의사는, 노트북에 무언가를 열심히 두드린다.

"보내겠습니다."

"네."

2.

막 뜬 해가 어렴풋이 들어오는 방, 얼핏 보기엔 원룸 같진 않다. 하지만, 문손잡이는 자물쇠로 채워져 있다. 방 안에는 언제부터 켜졌는지 모르는 공기청정기가 돌아가고 있고, 먼지도 흠칫 놀랄 것만 같은 적막감만이 감돈다. 그런 방의 책상 한쪽에서, 노트북을 두드리고 있는 한 남성이 보인다.

거실에 보급 왔어? / 아니, 안 왔어 / 그럼 넌 안방? / 응. 늘 그렇지 뭐.

초점 잃은 눈으로, 생각은 하고 키보드를 치는 것인지 모르겠지만, 왔다 갔다 하는 메신저 문자는 노트북 화면 한쪽을 차지하고 있다. 그러던 중, 화면의 오른쪽 아래에 알림창이 빼꼼, 올라온다. '새 메일이 도착했습니다: [긴급] 대한민국 정부...' 알림창의 내용은 분량이 모자라 초반 몇 자밖에 보이지 않는다. 알림창을 클릭, 메일을 읽으려던 찰나, 휴대폰에서 전화가 울린다. 발신자는 '안방'이다.

"어, 계속 톡으로 하지 그랬어, 왜?"

"..."

전화 너머의 상대는 말이 없다.

"무슨 일이야?"

"...메일, 봐."

전화는 이내 끊기고, 한창 재택근무를 하던 노트북의 흰 엑셀 화면이 꺼지자, 이내 검은색 바탕화면이 나오는데, 검은색 바탕화면에 비친 남성의 눈빛이 흔들린다. 알림 창을 들어가자, 메일 제목에 보이는 글.

'[긴급] 대한민국 정부: 조의를 표합니다.'

3.

"실제로 보는 건, 반년만인가?"

"그게 뭐가 중요해, 지금..."

사방이 하얀 창고 같은 방, 모든 벽면에서 흰색 기체가 흘러나온다. 방 안의 공기청정기의 미세먼지농도는 0마이크로그램을 표시한다. 나가는 문 옆에는 '무균실'이라는 글자가 적혀있다. 그 방 안에 집에서 노트북을 하던 남성과 눈이 살짝 부은 여성이 나란히 서 있다. 들어오는 문이 자동으로 열리고, 문틀 사방에서 흰 공기가 치익, 뿌려지는데, 거기로 들어오는 우주복 가운을 입은 의사의 고글 너머로 보이는 표정이 좋지 않다. 공기의 압력이 워낙 강해서 아픈 듯하다.

"반갑습니다. 병원장입니다."

"안녕하세요."

"메일은 받으셨죠?"

"네, 받았습니다."

코팅 처리가 되어 있는 태블릿PC를 들어 보이며, 메일에서 받은 첨부파일 속 영상과 같은 영상이냐고 물어보는 의사. 맞은편에 나란히 서 있는 둘은 고개를 끄덕일 뿐, 대답은

하지 않는다.

"기분을 더 나쁘게 하고 싶지는 않지만, 정부 지시이니 양해 부탁드립니다."

"...알겠습니다."

의사는 태블릿에 저장되어있던 동영상을 재생한다. 너무나 조용한 방 안, 머리가 희끗한 노인이 산소호흡기를 달고 누워있다. 침대 옆 기계 위에 붓펜과 종이 한 장이 놓여 있다. 고개를 천천히, 돌리는 노인. 종이를 한참 동안 응시하다, 이내 단념한 듯 집게가 꽂힌 왼손을 힘겹게 드는데, 손이 떨린다. 왼손으로 옆에 놓인 붓펜과 종이를 드는데, 섬세하게 들기는 이미 불가능한 듯 종이가 구겨진다. 영상 재생 시간은 어느덧, 5분이 지나갔다. 영상 속 노인은 자신의 배 위에 붓펜과 종이를 살포시 놓고, 다시 눈을 감는다. 이내, 뚜껑이 열려있는 붓펜을 오른손에 옮겨 들기 시작한다.

"...계속 봐야 하나요?"

"네... 저도 보기는 힘들지만...죄송합니다."

여성의 눈에서 또르르, 눈물이 나기 시작한다. 차마 화면을 못 보겠다는 듯, 눈물을 흘리는 것을 애써 숨기려는 듯, 천장을 바라본다. 그런 여성의 어깨를 톡톡, 두드려주는 남자.

그런 남자의 손 역시 떨린다. 남자의 동공도 떨린다. 하지만 의지를 가지고, 화면을 계속 바라본다.

화면 속 노인은 떨리는 손으로 붓펜의 뚜껑을 힘겹게 연다. 그러고는 왼손으로 종이를 들어 보이지만, 이내 힘이 없는 듯 종이를 풀썩, 배 위로 올린다. 그러고는, 종이가 어디에 올라와 있는지 보지도 않은 채로, 펜촉이 아래를 향하게 한다. 누운 상태로 고개를 살짝 들어 종이를 보려고 하지만, 목은 머리의 무게를 버틸 힘이 없다. 단념한 노인은 그저, 오른손으로 낙서를 하다시피하며 글을 쓴다.

"영상 보시는데 죄송하지만, 붓펜인 이유가... 이겁니다."

"네?"

"일반 볼펜을 드리면...손가락에 힘이 없어 글씨가 적히질 않습니다."

"아..."

눈물샘이 마른 것만 같던 남자의 눈에도 눈물이 고인다.

그 사이, 영상은 10분을 넘겼고, 글을 다 쓴 듯한 노인은 왼손으로 펜 뚜껑을 찾는다. 눈은 천장을 보고 있는 채로. 하지만 이내, 단념하고, 눈을 감을 준비를 한다. 붓펜을 마지막으로 들어보려 하나, 손에 작은, 하지만 강한 힘만 들어간 채로, 눈을 미처 감을 시간도 없이, 영혼이 몸을 떠난다. 이윽고, 기계의 일정한 삐- 소리만이 영상을 채운다.

"명복을 빕니다, 위로를 전합니다."

"...아닙니다. 고생 많으셨습니다."

태블릿을 집어넣는 의료진, 그리고 서류 가방에서 향균 필름으로 코팅이 된 종이를 꺼낸다. 종이를 문 앞으로 들고 가더니, 들어올 때 맞은 하얀 공기를 맞게 한다. 필름으로 코팅된 종이는 강한 압력에도 구겨지지 않는다.

"고인의 유언입니다."

의료진이 떨리는 손으로 들어 보이는 종이에는, 붓펜으로 흘러가듯 적힌 마지막 글씨가 보인다. 자음과 모음은 서로 떨어져 있고, 확실하게 꺾이는 부분 하나 없이 모두 한 획으로 적혔지만, 남녀는 바로 글자를 알아보고 흐느낀다.

'힘내라 고맙다'

4.

"이제, 어떡하면 되나요."

"제가 들고 있는 외출 허가증 바코드가 여러분께도 발급이 될 겁니다. 밖으로 나가셔서 3일간...장례를 치르시면 됩니다."

"밖으로 나가도 되나요?"

"고인의 뜻입니다. 자식들에게 바깥 공기를 쐬게 하고 싶으신 거죠. 아침의 맑은 공기, 마시러 가시죠."

"..."

남녀는 고개를 푹, 숙인다. 푹 숙인 얼굴에서 눈물이 다시금 뚝, 뚝 떨어진다. 그 눈물은 이내 바닥에 깔린 흰 공기에 파묻힌다.

5.

문을 치익, 열고 나오는 우주복 가운을 입은 의사, 그 뒤로 우주복 가운을 입은 남녀가 따라 나온다.

"공중에서 드론이, 땅에서 로봇이 접근할 겁니다. 이때 당황하지 마시고, 바코드를 손에 들어 보이면 됩니다."

"감사합니다."

우주복이 답답했던 것도 잠시, 바깥의 공기를 쐬어보기 위해 숨을 깊게 들이쉰다. 이때, 로봇이 접근한다. 앞서가던 의료진은 오른손으로 바코드를 든다.

"절 따라 하시죠."

남녀도 로봇에게 바코드를 들어 보인다. 로봇은 이내, 뒤를 돌아보고 제 갈 길을 간다.

"외출허가증입니다. 아마... 장례를 지내는 3일만 유효하니, 끝나고 집으로 가시면 다시 못 나오실 겁니다. 바깥 공기 많이 마셔두시죠."

"설명 감사드립니다."

"혹시...그냥 나오면 어떻게 되나요?"

아, 의료진이 입을 떼려는 순간, 옆집에서 문이 쾅, 열리고 다른 남자가 울분에 차서 뛰어나온다.

"...보시죠. 백문이 불여일견이라고."

집을 뛰쳐나온 남자는 질식사를 면하기라도 한 듯, 숨을 크게 들이마시고는,

"사람이 죽었는데!!! 온라인 장례가 말이 되냐!!!"

라고 크게 소리 지른다. 외침이 끝나자, 로봇이 '확인 불가' 메시지를 몸에 띄우고는, 로봇 팔의 오른손을 든다. 그 손에서 마취 주사가 튀어 나가 소리를 외친 남성의 허벅지에 꽂힌다. 소리를 지른 남자는 이내 쓰러진다.

"...이렇게 됩니다."

우주복 가운을 입은 남녀, 비통한 표정을 짓는다. 길가에 푹, 쓰러진 사람을 또 다른 외출 허가자, 파란 우주복 가운을 입은 경찰 둘이서 끌고 간다.

"고생 많으십니다."

"아이고, 의료진이 더 고생이시죠, 뒤에는..."

"아, 3일입니다."

"아... 미안합니다. 명복을 빕니다."

경찰은 가볍게 묵례를 하고, 소리 지르던 남성을 어디론가 데려간...아니, 끌고 간다.

"저 남자는 온라인 장례를 치르라는 메일을 받았나 봐요, 거기에 격분했나 봅니다. 아무것도 모르고...고인의 뜻인데..."

"그럼 저희 아버지는..."

"그렇죠, 예상하신 대로입니다, 바이러스에 대한 위험보다 바깥 공기를 더 소중히 여기신 겁니다. 사실 이렇게 오래 폐쇄된 환경에서, 신체적 건강보다 정신적 건강을 더 중시하신 고인께서 더 현명한 판단을 하신 것일 수도 있죠."

"..."

의료진과 대화를 하는 동안, 어느덧 컴퓨터로만 대화하던 자신들의 집에 다다른다.

"...저희는 유족분 집까지, 외출 허가 코드를 쓰는 방법을 알려주고자 동행하였습니다. 앞으로는 제 동행이 없을 것이고, 실수로 인해 생기는 저런 일에 대한 책임을 져 드릴 수도 없습니다. 아까는 제 차를 타고 오셨는데, 저는 차량도 외출 허가 코드가 붙어있던 것이니 본인의 차를 탄다고 단속이 안 되는 것은 아닙니다. 유효 기간이 지나면 다시 집에ㅁ..."

"알겠습니다."

우주복 가운을 입은 남성이 의료진의 말을 끊는다. 옆에 여자가 툭, 남자의 옆구리를 친다, 그러고는 의료진에게 사과한다.

"죄송합니다, 그쪽도 힘드실 텐데."

"아닙니다, 어찌 소중한 분을 잃은 슬픔보다 힘들까요. 저희도 위에서 이런 것을 전달하라고 하니...할 뿐입니다."

"들어가세요. 집 안, 각자 방에만 있겠습니다."

"감사합니다."

6.

집으로 들어오는 남녀, 그 즉시 여자는 안방, 남자는 그 맞은편 방으로 이동하고, 각자 방문을 열자 방문 가장자리에서 흰 공기가 뿜어져 나온다. 각자 방에 들어가 문을 거의 동시에 닫는 남녀. 그리고 안에서 우주복 같던 가운을 벗는다.

여자의 안방, 리모컨을 들고 TV를 켠다. 그리고 노트북도 함께 켜, 남자에게 TV 화면을 공유해준다. TV에는 막 뉴스가 시작하려는 참이다.

7.

오전 뉴스 헤드라인-

오늘부터 보도도 재택에서... 정부, '뉴스 스튜디오 폐쇄 명령'

'The White House is closing today.' 미국, 사실상 국가 포기

'태어나면서 바이러스를 주긴 싫다' 출산 완전 제한 1년... 인구 급격히 감소

'내년에 유치원 가는 아들이 제가 엄마인지 몰라요' 가족 분리정책 갑론을박

'사람 치료하기 무섭다' 의료진 고충 토로

8.

"시청자 여러분 안녕하십니까, 비상 감염병 예방을 위한 긴급조치 4단계에 따라, 정부의 명령으로 오늘 오전 9시부로 뉴스 스튜디오가 폐쇄되어, 아나운서의 자택에서 컴퓨터 화상회의 프로그램을 이용하여 뉴스를 진행하게 되었습니다. 인터넷의 연결 상태에 따라 화면 화질이 떨어지거나, 영상 및 소리가 고르게 전달되지 않을 수 있습니다. 시청자 여러분들의 너른 양해 부탁드립니다.

첫 번째 소식입니다. 미국 행정부가 한국 시각으로 오늘 오전 7시경, 국가 포기를 선언했습니다. 미 대통령은 오늘 백악관에서 한 연설에서, '백악관은 오늘부터 이번 바이러스의 영구적인 종식까지 이곳을 폐쇄할 것'이라며 사실상 미국을 포기하겠다는 의미의 연설을 했습니다. 미국은 현재 이번 바이러스로 약 8000만 명이 사망하고 1억명 가량이 감염된 것으로 추산하는데, 사실상 국가 기능이 마비된 지금 실제로는 인구의 대다수가 바이러스에 감염되었을 것이라고 각국 연구진들은 추산하고 있습니다.

다음 소식입니다..."

9.

노트북 너머로 안방에 있는 TV를 보던 남자는 깊은 한숨을 쉰다. 그러고는 여전히 켜져 있는 노트북의 화상 회의 프로그램을 향해 우리나라도 곧 없어질 것 같다고 말한다. 화상회의의 여자는 희망을 잃지 말라고 다독인다.

화상회의 프로그램 카메라에 잡히는 남자와 여자의 방에 있는 공기청정기에는 모두 대기업의 마크가 아닌, 대한민국 정부의 마크가 붙어있다. 그 공기청정기는 지금도 쉴 새 없이 돌아간다.

남자는 화상회의 프로그램을 켜놓은 채, 자리에서 일어나 창문에 있던 커튼을 걷어내 햇빛을 맞는다. 그러고는 노트북을 향해,

"너도 햇빛 좀 봐, 비타민 D는 나중에 필요할 거야."

"...알겠어."

화면 너머에 보이는 여자도 커튼을 걷는다.

여자가 있는 안방의 창문 밖으로 보이는 파란 지붕의 옆집은 커튼이 내부를 아주 가리고 있다.

10.

파란 지붕 아래 커튼이 창문을 가리던 그 집 안에는 두 여자가 한 방에 있다. 배가 불룩한 여자는 침대에 누워 수건을 물고 베개를 오른손으로 꽉 붙잡고 있다. 다른 여자는 그 여자의 왼손을 꼭 잡고 있다.

여자의 맨다리 사이로 작은 머리가 보인다.

긴 시간이 지나고, 한 아이의 울음소리가 들린다. 서 있던 여자가 갓난아이의 입을 급히 막아보지만, 그 집에 경찰이 문을 부수고 들이닥친다.

11.

파아란 지붕 아래, 경찰이 문을 부수고 들어간 건너편 집. 어떤 파자마를 입은 남성이 홀로 컴퓨터를 하고 있다.

익숙한 듯 이 남성도 화상회의 프로그램을 켜고, 화면에는 똑같은 파자마를 입은 여성이 비친다. 화면 속 여성은 커플 파자마의 남자에게 손인사를 건넨다.

"저기 옆집에 경찰들이 문 부수고 들어갔어."

"왜?"

"...모르겠어. 저기 커튼 다 쳐져 있던데, 사람들 안에 있긴 있나 몰라."

남성이 컴퓨터를 보다 말고, 다시금 창문 너머 건너편 집을 본다.

"...자기야"

"왜 오빠?"

"저 집 말이야."

"왜...? 난 못 보잖아. 설명해줘."

"아무래도... 아기를 낳은 것 같아. 여자 혼자...아니, 다른 여자랑 둘이서 나오네. 아기도 경찰한테 들려있고."

"어떡해..."

노트북 너머의 여자가 안타까워하는 표정으로 남자를 바라본다.

"막 엄마가 된 사람하고, 음...할머니인가 보다."

"..."

여자는 자신의 컴퓨터 옆에 있는 액자를 바라본다. 집에 갇히기 며칠 전에 찍은 사진이다.

"...우리, 언제 볼 수 있을까."

"곧 볼 거야. 우리."

"어떻게 봐, 망할 바이러스 없어지지도 않는데."

"...어떻게든."

남자의 컴퓨터가 올려진 책상에는, 조립이 거의 다 끝난 총이 있다. 여자에게는 이 총이 보이지 않는다.

총에 탄알집을 장착하는 남자. 그러던 찰나, 무언가가 남성 집의 창문을 두드린다.

타다다다닥.

타다다다다닥.

드르륵, 드르르르륵.

계속 남자 집의 창문을 두드리고.

탄알집을 장착한 남자는 총을 책상 아래로 숨기고, 창문 쪽으로 다가간다.

"뭐야?"

노트북 화면 속의 여자가 묻는다.

"보급 왔나 봐."

"아아, 받고 와. 기다릴게."

창문을 치익, 열자, 창문틀 사방에서 하얀 기체가 뿜어져 나온다.

기체 사이로 드론이 들어온다.

드론이 말한다.

"오늘 자 보급품입니다. 수령 바랍니다."

남자는 커터칼을 들고, 드론에 매달린 줄을 끊는다. 대롱대롱 달려오던 네모난 종이상자가 툭, 남자의 손바닥에 떨어진다.

"박스 안 뜯어?"

"...우리 곧 볼 수 있어."

결심에 찬 목소리의 남자. 책상 아래에서 총을 조심스레 꺼내어 드론이 다시 나가는 창문 쪽을 바라본다. 남자는 열려있는 창문 사이로 조심스레 총을 들어 무언가를 겨눈다. 하지만 이내, 남자의 컴퓨터 카메라 앵글에 남자가 든 총이 잡힌다.

"오빠, 그거 총 아냐?"

"..."

"안 돼, 하지마...!"

"우린 봐야만 해. 이런 생활 하기 싫어."

12.

　뒤쪽 침대 위에 우주복 가운이 보이고, 한 남자가 책상 위 커다란 액자에 '힘내라 고맙다'라고 쓰인 종이를 끼우고 있다. 남자의 컴퓨터에는 지금은 낮잠에 빠진 안방에 있던 여자가 켜놓은 TV의 뉴스 소리가 그대로 흘러들어온다.

　남자, 액자에 종이를 다 끼우고 컴퓨터를 보려던 찰나, 창문 밖에 시커먼 사람이 무언가를 들고 있음을 목격하고 창문 쪽으로 다가선다. 창밖에는 조종기를 든 또 다른 외출 허가자, 드론 조종사가 보인다. 남자는 오늘따라 사람 보는 복이 많다고 생각한다. 다 아버지 덕분이겠지. 화면이 아니라 진짜 사람을 보다니. 남자는 반가움에 창문을 똑똑, 두드린다. 드론 조종사가 남자의 집 쪽을 보며 웃으며 손을 흔든다.

　남자, 창문에 대고 엄지손가락을 척, 들고 따봉, 표시를 하는데, 탕! 총소리가 들리고.

　드론 조종사, 조종기를 떨어뜨리고 가슴을 움켜쥐며 쓰러진다.

　저기요!!! 깜짝 놀라 창문을 쾅쾅 두드려보지만 움직임이 없는 조종사, 남자는 휴대폰으로 112에 전화를 걸고, 급히 침대에 있던 우주복 가운을 걸치고 외출허가증을 챙긴다.

"네...총에 맞은 것 같아요..! 저도 모르겠어요..! 3번 건물이요! 네!"

휴대폰을 침대 위에 던지고, 다급히 밖으로 나가는 남자. 로봇이 남자를 향해 다가오고, 남자는 아까 했던 대로 외출허가증을 보여준다. 로봇 다시 물러난다.

"저기에 사람이 쓰러져있는데..! 로봇은 그냥 지 할 것만 하고..!"

괜히 감정이 없는 로봇에게 화가 나는 남자, 드론 조종사도 로봇에게 외출허가증을 보여줬기에, 로봇은 조종사가 죽든 말든 별로 신경을 쓰지 않는다. 남자, 움직임이 없는 조종사에게 달려간다.

"저기요...! 저기요!! 정신 좀 차려봐요! 정신 잃지 마세요!"

남자가 몸을 떠는 드론 조종사를 돌려 눕히는데, 가슴에 피가 흥건하다. 손까지 덮인 우주복 가운 위로 피가 묻는다.

13.

급히 나간 남자의 방에 있는 컴퓨터로 흘러들어오는 여자가 있는 안방의 뉴스.

"...다음 소식입니다. 오늘로 외출금지령이 내려진 지 6개월째가 되었습니다. 이번 전염병으로 인해서 우리 사회는 어떻게 바뀌었는지, 이번 사태로 생긴 새로운 풍습을 시청자 여러분께 소개해드립니다."

"자, 잘 들리시나요?"

"네, 잘 들립니다."

뉴스의 화면이 양분되고, 기자와 아나운서가 각자의 집에서 대화를 진행한다. 아나운서와 기자의 움직임이 바빠진다. 각자 휴대폰을 확인한다.

"기자와는 연결이 잘 된 것 같은데, 시청자 여러분들께 전달이 원활한지 확인을 해야겠죠. 또 다른 자택에서, 저희 뉴스를 보고 있는 담당 스태프가 시청자 입장이 되어 저에게 송수신이 잘 되는지 확인 문자를 보낼 예정입니다. 문자가 오는 대로, 대담 진행하도록 하겠습니다. 상황이 상황인 점, 시청자 여러분들의 너른 양해 부탁드립니다."

아나운서의 휴대폰 알림이 울린다.

"아, 문자가 왔네요. 수신이 원활하다고 하니 대담 진행하겠습니다. 기자님, 오늘로 이번 감염병으로 인해 외출이 완전히 제한된 지 6개월이 지났는데요. 이번 감염병의 시작으로부터 모든 과정을 요약해주시겠습니까."

"네, 저도 잘 들리네요. 이번 바이러스는 인간이 정의한 바이러스의 개념에서 몇 가지가 벗어나 있었습니다. 특히, 세계 곳곳에서 첫 확진자가 동시다발적으로 나왔죠."

아나운서와 기자가 양분되어 나오고 있던 화면이 세계지도가 있는 그래픽으로 바뀐다. 이 지도에서 미국과 유럽, 호주 등 세계 대부분은 진한 빨간색으로, 한국을 비롯하여 뉴질랜드 등 일부 국가만 파란색으로 표시가 되어있는데, 마치 빨간 바다에 둥둥 떠 있는 섬처럼 보인다.

"네, 그렇습니다. 한국을 포함하여 미국, 러시아 등 대륙을 막론하고 확진자가 나왔습니다. 그런데 전파 이유가 아직도 파악이 되지 않고 있죠? 어떻게 생각하십니까."

세계 지도 위에, '최초 발병 국가'로 일부 국가들이 녹색으로 바뀌는데, 러시아, 미국, 호주 등 큼지막한 국가들이 주로 보인다. 그 와중에, 한국도 눈에 띈다.

"앞서 말했듯, 이번 감염병균은 인간이 정의해온 바이러스가 아니었습니다. 스스로 복제가 가능하고, 극한 온도에서도 살아남으며, 포유류 외의 다른 동물의 감염 사례가 없습니다. 심지어 특수한 현미경으로 봐야 보이는 역대 바이러스 중 가장 작은 크기였죠. 이런 점이 전파 이유를 초기에 파악하지 못하고, 조기 차단에 실패한 원인이지 않나 싶습니다."

"그렇습니다. 아이러니하게도 이번 바이러스의 출현 덕분에 현미경 기술이 더욱 발달했죠."

14.

파자마를 입은 남자, 총구를 급히 창문 안으로 넣어보지만 파란 우주복 가운의 경찰들이 집 안으로 들이닥치고 로봇은 창문 안으로 마취 주사를 갈긴다. 양 허벅지에 주사가 한 방씩 꽂힌 남자는 이내 비틀비틀거리더니 바닥에 쓰러지고, 경찰은 이 남자를 질질질 끌고 나간다.

"안 돼...오빠...안 돼...!"

남자와 화상통화를 하던 여자는 울먹이며 남자를 불러보지만, 경찰은 성가시다는 듯 컴퓨터 선을 뽑아버린다. 여자의 화면은 어둠으로 가득 찬다. 화면에서 여자가 눈물을 닦는 모습이 반사된다.

15.

"특히 마스크를 쓴 상태에서도 감염된 점에서 비말 감염 외의 방법, 최악의 경우 공기 입자 중에 둥둥 떠다니다가 마스크를 뚫고 들어가는 시나리오도 배제할 수 없는 상황입니다. 심지어 내부에서 뼈끼리도 감염된 것이 확인되었죠."

"그렇습니다. 현재도 백신이 나오지 않고, 사망자는 계속해서 속출하고 있습니다. 이에 정부는 지난 6개월 전, 외출을 완전히 제한하며 경제가 사실상 멈춘 상황입니다. 심지어 바이러스로 인해 출산이 금지되고, 돌아가신 분의 장례식도 온라인으로 치러졌죠."

"시신에도 살아있는 바이러스가 있을 수도 있다는 이유죠. 출산 금지 역시 태어나자마자 바이러스에 감염되어 아기가 사망하는 것을 막기 위한 고육지책이라고 볼 수 있겠네요."

"이런 와중에도 사람들은 희망을 잃지 않았습니다."

화면 아래, 뉴스 자막으로 '희망 편지 배달부'라는 글이 써진다.

16.

드론 조종사 옆 남자가 안절부절못하는 사이, 옆으로 파란 우주복 가운의 경찰 두 명이 온다. 그 뒤로 구급차가 오고, 드론 조종사가 실려 간다. 경찰은 남자에게 외출허가증을 보여준다.

"신고자분이신가요?"

"네, 저, 본인입니다."

"드론 조종사분은 신고 내용대로...총에 맞으셨습니다. 맞은 위치상....오래 버틸 수 있을지는 모르겠네요."

"..."

남자의 머릿속에 드론 조종사의 마지막 웃는 미소가 떠오른다. 내가 부르지만 않았어도, 이렇게 되지는 않았을 텐데...

"자책하지 마세요, 신고해주셔서 감사합니다. 아, 옆에 나오네요."

경찰에 신고한 남자가, 다른 경찰에게 질질 끌려 나오는 파자마 복장의 다른 남자를 본다. 두 가지 일반적인 가정집의 이야기가 합쳐지는 순간이다.

"... 이쪽 구역에 경찰이 자주 오게 되네요."

"이번 말고 또 오신 적이 있나요?"

"저쪽, 파란 지붕 집 있죠?"

"네. 저 집은 하루 내내 커튼이 쳐져 있다더군요."

"저 집에서 어떤 여성분이 출산을 했습니다."

남자 깜짝 놀란다.

"출산이요???"

"네, 아이 울음소리를 들은 로봇이, 주변 경찰들을 호출하여 출산 직후 아이와 엄마, 할머니가 모두 잡혀갔습니다."

"...세상에..."

경찰이 남자에게 출산하던 집에서 있었던 이야기를 해주며, 세 가지 갈래의 이야기 가지들이 하나의 나무가 된다. 질질 끌려가던 파자마 복장의 남성이 경찰차에 던져진다. 여전히 의식이 없다.

"저 남자는 어떻게 되나요?"

"바이러스의 백신이 나올 때까지, 영원히 세상과 격리될 겁니다."

"헉..."

경찰의 설명을 들었다. 저렇게 끌려나오는 과정에서 우주복 가운을 입지 않아 공기 중에 떠다닐 수도 있는 바이러스가 어디로 침투했을지 모르기 때문에, 바이러스를 치료하는 약이 나오기 전까지는 격리가 필요하다는 것이다.

"...아, 저는 외출허가증이 있습니다. 혹시나 오해하실까 봐."

"저희 구면입니다. 아까 의료진하고 가는 거 봤습니다."

"아, 그렇군요..."

"일단 저희와 같이 가주시죠. 참고인 조사 겸, 가운 소독도 하셔야 할 겁니다. 피에 바이러스가 있을 수도 있어요."

"어...휴대폰을 놔두고 왔는데, 혹시 제 여동생에게 전화 좀 해도 될까요?"

경찰, 고개를 끄덕인다. 주머니에서 휴대폰을 꺼내는데, 남자가 휴대폰을 받으려 하자 경찰, 몸을 피한다.

"아, 접촉은 좀 그렇고, 번호 불러주시면 스피커폰으로

언택트

해드리겠습니다."

"알겠습니다, 010..."

17.

여자 방에는 여전히 TV가 켜져 있고, 남자가 보이지 않는 방으로 컴퓨터를 통해 뉴스가 전송되고 있다.

"개나리 배달부라고도 하죠. 최근에 새로 생긴 직업이라면서요?"

뉴스에는 여전히 아나운서와 기자가 대담을 하고 있다.

"어...정확하게는 새로 생긴 직업이라기보다, 이름이 바뀐 겁니다."

"원래는 어떤 직업이었나요?"

"조금 완곡하게 말씀드리면 장례식장 직원을 뜻합니다."

"아하...장례식장 직원이 어쩌다 배달부가 된 건가요?"

"얼마 전부터 CCTV 임종이 시행되면서, 펜과 종이로 힘겹게 쓴 유언을 유족이 받아보게 되었죠."

기자, 테이블 위에 놓인 종이 더미들 사이로 무언가를 분주하게 찾으면서 대화를 이어간다.

"네, 그렇죠."

"그 유언 편지에 대한 답장, 그러니까 유족이 고인에게 쓴 편지를 시신과 함께 묻거나, 화장하는 풍습이 언젠가부터 확산이 되기 시작한 겁니다."

"그렇다면 결국 역시 바이러스 때문이군요."

"그렇습니다, 이 바이러스를 이겨내자는 것에서 희망편지 배달부라고 불리기 시작했고, 희망이 꽃말인 개나리에 비유하여 개나리배달부라고도 불립니다."

뉴스에서 개나리 배달부를 소개하고 있는 와중에 침대에서 곤히 자던 여자, 소리를 듣고 뒤척이다가 전화를 받고 겨우 눈을 뜬다.

"여보세요...응...어? 경찰? 왜! 총? 왜 신고했어...괜히 나갈 일 밖에 없을 텐데..."

전화 너머로 남자가 말한다.

"잠깐 우주복 소독하고 목격자로 조사만 하면 돼, 괜찮아. 정부에서 돈도 줄 거야."

"그래도...조심해. 오면 화상통화 걸어."

"알았어, 푹 쉬어. TV 계속 켜져 있을 거야."

"...알겠어..!"

여자는 전화를 끊고, 켜져 있던 TV를 보기 시작한다.

"...저희는 유족에게 방송 이전에 먼저 동의를 받고, 이번에 안타깝게 바이러스로 사망하신 고인의 유언에 답장하는 편지를 소개해드리고자 합니다. 즉, 개나리 배달부에게 갔다가, 하늘로 올라갈 편지죠. 들어보시죠."

18.

'접니다, 아버지. 아버지의 마지막 유언 잘 보았습니다. 붓펜으로 쓴 힘내라 고맙다는 말이 그렇게 슬퍼 보일 수가 없더라고요. 의료진에게 붓펜으로 쓴 이유도 들었어요. 일반 볼펜으로 쓰면 힘이 없어서 종이에 글씨가 안 써진다네요. 마지막으로 힘겹게 쓰신 말씀 잘 새겨듣겠습니다.

신체의 건강을 위한 온라인 장례가 아닌, 정신 건강을 위한 오프라인 3일장을 희망하셨다는 말씀 듣고 놀랐습니다. 끝까지 저희를 생각해주셔서 감사합니다. 아버지 덕분에 오랜만에 모니터 속의 사람이 아니라 실제 사람을 봤네요. 몇 개월 만인지 모르겠어요.

아버지는 이렇게 저희를 끝까지 보살펴주시는데, 왜 저희는 몰랐을까요. 세상에서 본 적 없는 바이러스가 퍼지고 나서야 그걸 알게 되었네요. 인간은 왜 익숙하면 까먹을까요. 한번 겪었는데 말이죠. 살아계실 때, 바이러스 없을 때 조금 더 효자, 효녀 될 걸...

어머니께서 바이러스에 걸리셨을 때, 한창 아무것도 통제가 되지 않아 어지러울 때였는데 패닉 속에 있던 저희의 정신을 구해주신 분이 아버지입니다. 누구보다 슬프셨을 텐데, 저희를 위해 슬픈 티조차 살 내지 않으셨습니다. 먼저 돌아가셨을 때도 덤덤하셨죠.

 저희는 깨닫지 못했던 것들이 많습니다. 앞으로 열심히 살겠습니다. 아버지의 유언대로 힘내서 살겠습니다. 바이러스 그까짓 거 이겨내면 되죠. 어떻게든 이겨낼 거니까요.

 먼저 가신 어머니와 바이러스 없는 세상에서 오래오래 함께 계세요. 저희는 이곳 아래에서 바이러스 다 털어내고, 멀쩡한 몸으로 올라가겠습니다. 부디 기다려주세요.

 아버지. 그리고 지금쯤 함께 계실 어머니에게도 저희 안부 전해주세요. 잘살고 있다고요. 위에 함께 계신 분들께도, 명복을 빈다고, 이 일이 빨리 해결되지 못해서 모두가 죄송해하고 있다고 전해주세요. 다음에 꼭 다시 뵙겠습니다. 사랑합니다.'

19.

뉴스를 보던 여자는 어느새 눈물을 뚝, 뚝 흘린다. 그리고 그것은 이내 흐느낌으로 바뀐다.

"아빠...아빠......"

TV 속의 기자와 아나운서는 뉴스답지 않게 계속 정적을 이어가다가, 아나운서는 막힌 목을 뚫으려는 듯 물을 한잔 마신다. 기자는 눈에 휴지를 가져다 댄다.

20.

방문이 열리고, 사방의 문틀에서 가운을 소독해주는 흰색 기체가 뿜어져 나온다. 남자는 잠깐 문틈에 서서 기체를 맞다가, 피가 깨끗하게 사라진 가운을 벗어 의자에 걸친다. 절전 모드가 된 컴퓨터를 다시 켜자마자 오는 화상통화.

"괜찮아?? 괜찮지?!"

"응, 괜찮아 나는. 계좌로 반 줄게, 확인해봐."

"돈이 문제야 지금...쓰지도 못하잖아. 건강이 문제지...!"

"아냐... 소독 다 했어. 괜찮아."

"...총 맞은 그분은? 어떻게 됐어?"

"어...아까는 의식은 있었는데..."

21.

"방금 편지를 읽어보았는데요. 그... 좋은 소식이 들려오면 좋았을 텐데, 안타까운 소식이 속보로 들어와 있습니다. 기자님도 문자 받으셨죠?"

"네, 받았습니다. 외출 허가자 직업 중 하나인 드론 조종사 중 한 분이 방금 총에 맞아 숨졌다는 소식이 속보로 들어와 있습니다."

"일반적인 외출 허가자는 행정 필수인력, 경찰, 기자 등 방송인, 의사, 필수품을 보급하는 드론 조종사로 총 5가지 직업이 있는데요."

그래픽으로 다섯 가지 직업이 나열되는데, 파워포인트로 작성한 듯 순서대로 나타난다.

"그 중 드론 조종사가 보급품을 운반하는 드론을 조종하던 중 누군가가 우발적으로 쏜 총에 맞아 안타깝게 숨졌습니다. 정부는 곧 화상 기자회견을 통해 입장을 발표한다고 합니다."

아나운서, 다른 곳을 잠깐 보더니, 고개를 끄덕인다.

"아, 지금 준비가 된 것 같습니다. 바로 연결하겠습니다."

22.

 기자회견장, 플래시를 마구잡이로 터트리는 기자는 보이지 않고, 사람 없이 삼각대에 홀로 세워진 카메라로 가득하다. 카메라는 녹화 중임을 뜻하는 빨간 눈동자를 부릅뜨고 있고, 그 앞에 홀로 우주복 가운을 입은 여성이 흰 기체를 뚫고 들어온다. 뉴스 아래 자막으로, '신종 바이러스 비상대책위원장 언택트 기자회견'이라는 말이 뜬다.

 "현재 시각 오전 11시 30분, 긴급 브리핑 시작합니다. 먼저, 이번 사태로 인해 생을 마감하신 드론 조종사분의 명복을 빕니다. 또한, 갑작스러운 가족의 비보를 들으신 유족분들께도 깊은 위로의 말씀을 전합니다."

 마이크 옆으로 비켜선 대책위원장, 고개를 90도로 숙여 인사를 한다. 다시 탁자로 돌아가고, 어두운 표정으로 말을 이어간다.

 "우리 비대위는 이번 사태로 인하여, 외출이 금지되었음에도 일부 몰상식한 사람들의 불법 제조된 무기로 사람에게 상해를 입힐 수 있음을 알게 된바, 외출 허가자들의 안전을 고려하여 현 시각 부로 신종 바이러스 예방에 관한 긴급조치 12호를 발령합니다. 현재 외출 허가자였던 기자와 경찰은 앞으로 외출 허가자에서 제외하며, 경찰의 경우 사람의 도움이 필요한 상황을 제외하고 로봇 및 드론에서 전송되는 영상을 실내에서 지켜보는 것으로 수시 순찰을 갈음하기로 하였습니다."

23.

TV, 3분할이 된 화면에서 표정 관리가 잘 안 되는 기자와 아나운서. 기자가 외출 허가자에서 제외된다는 비대위원장의 말을 듣고 심경이 복잡한 듯하다. 기자회견장에서는 계속해서 발표가 이어진다.

"드론 조종사의 경우, 최대한 무인으로 하되 거리가 닿지 않는 사각지대는 방탄복을 입은 채로 조종에 투입하고, 이후 더 좋은 드론을 구비, 사각지대가 줄어들 시, 각자 자택에서 창문을 통해 날릴 것을 명령합니다. 즉, 현 시간부로 기자와 경찰은 완전한 외출 허가자의 지위를 박탈하며, 따로 언급되지 않은 의사와 행정 필수인력 역시 방탄복을 입고, 그 위에 방역 가운을 입을 것을 명령합니다. 또한 앞으로 긴급조치를 어기는 안타까운 경우가 생기면 강경 대응을 할 것이라 미리 말씀드립니다."

가벼운 묵례를 하고 회견장 밖으로 나간다. 나가는 도중 뿜어져 나온 흰색 소독 기체가 회견장 안을 채운다. TV의 화면은 다시 2분할로 바뀐다. 기자와 아나운서는 할 말이 있는 듯 당장이라도 입을 벌릴 모양새다.

24.

다시, 온통 벽이 하얀 이곳은 병원이다. 이번엔 해가 중천이라 바깥도 밝다. 병원 안에는 몇몇 우주복 가운을 입은 의사와 또 다른 우주복 가운을 입은, 눈이 살짝 부은 듯한 사람이 TV를 보고 있다. 총에 맞은 드론 조종사의 가족이다. 그 뒤로 몇몇 사람들이 삼삼오오 앉아 함께 지켜본다.

"...언젠간 이런 일이 있을 줄 알았습니다."

병원 안이라 더욱 두꺼운 우주복 가운을 입은 의사가 TV를 보며 슬며시 한 마디 한다. TV에는 아나운서와 기자가 비판적 의견을 내비치고 있다. 방탄복까지 안에 입으면서 몸이 더 커 보인다. 우주복 가운 역시 조금 더 두꺼워지고 어두워져 목소리 없이는 성별을 구별하는 것조차 불가능하다.

"사람들은 그저 저희가 밖에 나갈 수 있다는 이유만으로 편안하게 사는 줄만 압니다."

"그렇죠..."

"저희 같은 의사는 납득이라도 하는데, 드론 조종사는 더 납득을 못 하는 게 현실입니다."

"안 좋은 말을 많이 들었습니다. 무인, 자동운반으로 못

하냐, 조종사는 밖에서 가만히 서 있기만 한다... 아무것도 모르는 사람들의 말인데 말이죠."

"기술의 발전이 어쩔 수 없이 더딘걸, 저희 탓을 하죠."

"에휴...그러니까요."

옆에서 다른 의사가 한마디 거든다. 역시 방탄조끼를 안에 입어 몸이 상당히 커 보인다.

"이런 옷도 한번 입어봐야 해요. 얼마나 갑갑한지...군대 밖에서 이런 옷을 또 입을 줄은 몰랐네요. 전쟁통도 아닌데."

"전쟁이죠, 바이러스와의 전쟁..."

"...저도 직장 말고 집 안에서 편한 옷 입고 침대에 눕고 싶네요."

"아니, 그럼 퇴근도 못 하시나요?"

드론 조종사의 가족, 아내가 깜짝 놀라서 물어본다.

"일주일에 한 번, 일요일마다 갑니다. 거의 기절하다시피 온종일 잠만 자고 오죠."

"세상에, 몰랐습니다."

병원 안에 있는 유일한 기자가 의료진에게 물어본다.

"안녕하세요, 이번 조종사 일 관련 전담 기자입니다. 혹시 조금 자세히 말씀해 주실 수 있으신가요?"

의사와 대화를 나누던 조종사의 아내가 발끈한다.

"아니, 기자가 그걸 모르면 어떡합니까?"

"저도 기자이긴 하지만, 병원 출입은 허가된 기자만 가능합니다. 이제 그마저도 불가능하겠네요."

"그럼 허가를 받으면 되잖아요."

"아무리 이런 우주복 같은 방역 가운을 입어도, 시대가 시대고 장소가 장소인지라 큰 사건을 취재하는 것 아니면 허가를 해주지도 않습니다. 이번 일도 외출 허가자가 돌아가신 특수한 사건이라 겨우겨우 허가를 딴 겁니다. 그것도 단 한 명, 병원 출입 기자는 제가 유일하고요. 이것도 선착순이에요. 저희도 힘들다고요."

기자와 드론 조종사 아내 사이에 언쟁이 오간다.

지켜보던 의사들이 말린다.

"자자, 다들 예민하신데, 이해해줍시다. 이 기자분도 안

하고 싶어서 안 하는 것도 아니잖아요. 기자님, 이번에 돌아가신 드론 조종사 분의 가족이십니다. 이해해줍시다."

기자가 심호흡을 한다. 기자는 몇몇 사람들이 쳐다보는 시선을 느꼈다.

"죄송합니다, 저도 요즘 화가 늘어나네요. 명복을 빕니다. 요즘 시대에 살인이라니..."

"아닙니다, 저도 괜히 상황도 모르고 예민했네요. 의사나 드론 조종사나 기자나 외출 허가자들 모두가 힘들 텐데요."

의사, 기자에게 물어본다.

"그런데 기자는 외출 허가자에서 곧 제외되지 않나요?"

"음...발표는 그렇게 했는데, 논란이 좀 많습니다."

"논란이요?"

어느새 기자와 의사, 드론 조종사의 가족 주변으로 사람들이 붙어 대화를 경청한다. 병원에 있는 다른 사람들 입장에서 보기 드문 순수 외출 허가자의 고충을 듣는 기회이자, 5가지 직업의 외출 허가자 중 3가지 직업이 한자리에 있는 보기 드문 광경이며, 세상이 어떻게 돌아가는지에 대한 궁금증을 해소해주는 절호의 기회인 것이다.

25.

기자는 이번이 기회다 싶어 TV를 등지고 몇몇 청중들을 보며 말하기 시작한다.

"아까 저희 대화를 들으신 분은 아시겠지만, 저희 외출 허가자끼리도 각자 어떻게 이 세상을 살아가는지 잘 모르고 있습니다. 이분이 일요일만 퇴근하는 것 알고 계셨나요?"

대다수의 사람이 고개를 좌우로 젓는다.

"저는 기자인 만큼, 기자의 관점으로 말씀드리겠습니다. 이것이 지금 여러분들의 알 권리가 박탈당해있다는 것을 방증한다고 생각합니다."

"어떤 권리요?"

옆에 있던 의사가 묻는다.

"외출 허가자들이 어떤 고충이 있는지, 어떻게 살아가는지 하는 것들 말입니다. 옆에 계신 이 의사는 보시면 아시겠지만, 속에는 방탄복, 겉에는 우주복같이 생긴 방역 가운을 잘 때도 입고 잡니다. 더워도, 추워도 말이죠."

"..."

몇몇 사람이 고개를 끄덕인다. 기자가 의사에게 추가로 묻는다.

"혹시, 기자인 저도 모르는 고충이 더 있을까요?"

"...화장실도 자주 못 갑니다. 횟수와 시간이 정해져 있어요. 그때가 아닌데 신호가 오면... 다른 방법으로 해결하죠. 예를 들면 기저귀라던가. 이건 아마 의료진과 직접 많은 대화를 나누지 않았다면 모르실 겁니다."

"네..?"

기자도 놀라고 사람들도 놀란다, 드론 조종사의 아내는 입을 틀어막는다.

"세상에..."

기자가 머릿속으로 단숨에 정리하며 말한다.

"이것이 여러분이 알 권리가 필요한 이유입니다. 드론 조종사가 안타깝게 돌아가신 그날, 불과 몇 시간 전에 새 생명이 태어났는데! 로봇이 생명의 소리를 듣고 경찰을 불렀습니다. 그 생명과 어머니, 출산을 도와준 할머니까지 모조리 경찰에 잡혀가 어디론가 격리되었습니다. 그것도 알고 계셨습니까?

이번엔 다수의 사람이 놀란다. 기자는 너무 오랜만에 길게 말을 해서인지, 얼굴이 살짝 상기된다.

"여기에 잡혀가면 어떻게 되는지도 아십니까? 독방입니다. 독방 생활을 하는 겁니다. 바이러스가 없어질 때까지요! 출산이 금지되고, 잡혀간다는 것은 뉴스에 단신으로나마 나오지만, 그 이후에는 어떻게 되는지는 뉴스에 단 한 번도 나온 적 없을 것이라고 제가 장담합니다!"

26.

컨테이너 건물 앞, 남서쪽으로 방향을 튼 태양이 살짝 걸린 건물을 배경으로 경찰이 갓 태어나 울고 있는 아기를 안고 있다. 엄마는 또 다른 경찰과 함께 비틀비틀 걸어 나오는데 다리 사이로 피가 흐른다. 출산을 도와준 할머니는 경찰에 따지듯이 묻는다.

"여보세요들, 아픈 사람을 병원에 먼저 데려가야지 뭐하십니까?"

경찰은 묵묵부답이다. 그저 한 명은 갓난아기를 안고, 다른 한 명은 양팔로 아이의 할머니와 엄마를 데려갈 뿐이다.

"저기요! 피 흐르는 것 안 보이냐고요!"

"...저기요, 할머니. 계속 그렇게 말씀하시면 마취해서 데려갑니다. 바이러스 들어가요."

"...하."

경찰은 계속 무표정이다. 할머니는 경찰을 보며, '로봇이랑 같이 다니니까 저것들도 인간이 아니야...'라며 중얼거린다. 아이의 엄마는 말할 힘도 없는 듯 그저 비틀거리며 걸어갈 뿐이다. 다리 사이로 흐르는 피는 발목까지 내려왔다. 흰 양말이 위에서부터 빨갛게 물든다.

27.

"자, 여러분. 지금 출산이 금지됐죠, 혹시 한국 연간 신생아 수가 몇 명인지 아세요? 의료진 선생님은 알고 계시는가요?"

병원, 기자를 보는 사람들에게 묻는다. 다들 갸우뚱, 하자 의사에게 물어본다.

"그쪽 분야는 아니라서 잘 모르는데... 연간 30만? 정도로 알고 있습니다."

"네, 이 바이러스가 창궐하기 전 까지는요."

기자는 처음부터 매고 있던 가방에서 서류철을 꺼낸다.

"얼마 전에 나온 자료에 따르면, 출산 완전 제한 정책 이후 반 년 동안 태어난 생명의 수는 500명도 안 됩니다. 500만 명이 아니라, 500명이요. 이게 뭘 뜻할까요?"

"인구가 줄어들겠죠."

"네, 출산 제한 정책의 큰 부작용이죠. 바이러스가 퍼지면서 사망률은 무섭게 올라가고 있습니다. 안 그래도 고령화 사회인데, 바이러스 때문에 매년 사망자 수가 50만 명을 넘어섰습니다. 이 정도면 자연 감소가 아니라, 소멸 수준입니다. 1달에 4만 명 정도가 사라지고 있다는 겁니다."

기자가 밀린 숨을 쉰다. 이때, 지켜보던 한 사람이 반론한다.

"인구가 그 정도로 감소할 줄은 몰랐습니다. 그런데 태어나자마자 바이러스에 감염될 수는 없잖습니까. 정부도 그걸 걱정해서 이 정책을 펴는 것 아닌가요?"

"그건 저도 이해합니다. 제가 말씀드리고 싶은 문제는 덜 알려진 사실이 많다는 겁니다."

"또 뭐가 있죠?"

기자가 의사에게 묻는다.

"의사 선생님, 지금 바이러스 때문에 일반적인 중환자, 뭐...암이나, 그런 환자분들 치료가 정상적으로 잘 되고 있습니까?"

"아뇨, 대형병원은 서울에 한 곳 제외하고, 지방은 모두 바이러스 전용으로 바뀌었습니다."

"그럼, 바이러스를 제외한 사망자 통계는 어떻게 내고 있나요?"

"119 같은 응급 차량에 실려 오거나, 병원에 본래 있던 환자분께서 안타깝게 돌아가실 때를 넣고 있죠."

이번엔 기자가 옆에서 초조하게 듣던 드론 조종사의 아내에게 묻는다.

"혹시, 뭐가 빠진 것 같지 않으십니까?"

"...잘 모르겠습니다."

"어... 고인과 같은 집에 사셨지만, 사실상 화상통화로만 보셨죠? 아니면 외출 중일 때 창문으로만 보거나."

"...네."

"만약 고인이 방에 있을 때 총에 맞았다면요?"

드론 조종사 아내의 눈빛이 흔들린다. 대화를 지켜보던 의사가 기자의 말에 끼어든다.

"아니, 기자님. 그게 가족을 잃은 분한테 하실 말씀입니까, 예의가 아니잖습니까."

"...아뇨, 들어볼게요. 뭔가 하시고 싶은 말이 있을 것 같네요."

조종사 아내의 눈빛은 그새 결연해져 있다.

"아, 먼저 기분 나쁘셨다면 정말 죄송합니다, 너무 흥분했나 봐요."

"계속 말씀해보시죠."

"다 각자 방에만 살고 있습니다. 혼자서요. 무슨 일이 있더라도 아무도 모른다는 겁니다."

의사의 눈이 번쩍인다.

"고독사군요."

"네, 미신고 된 고독사가 엄청나게 많을 겁니다. 특히, 로봇 단속을 피해 몰래 밖에 나갔다가 바이러스에 걸려오는 등등의 이유로요. 저희 기자들은 실제 사망자 수가 통계보다 20만 명 정도 많을 것으로 예상하고 있습니다."

"..세상에..."

28.

"아이는 저희가 데려가서 정부에서 관리합니다."

그 말을 들은 아이의 엄마는 경찰의 멱살을 잡고 마구 때리려 한다. 이 모습은 전혀 갓 출산한 사람으로 보이지 않는다.

"왜 데려가는데요! 생명을 낳은 게 잘못된 일입니까! 엄마 얼굴은 봐야 하잖아요!"

"...이게 아이를 위한 길입니다."

"제가 배 아파서 낳은 아이인데!"

경찰은 힘으로 엄마와 할머니를 컨테이너 건물로 데려간다.

"아이를 낳았다고 감옥에 갑니까?"

"뭔가 오해하시는 것 같은데, 격리시설이지 감옥이 아닙니다."

"감옥이랑 뭐가 다르냐고요!"

양말의 발목에 피가 묻어있는 엄마는 경찰에게 여전히 화가 나 있다.

할머니는 반쯤 포기한 모양새다.

"가자... 우리가 이런다고 뭐가 달라지겠니."

"엄마..."

갓난아이는 그새 경찰관의 품에서 새근새근 잠에 빠졌고, 엄마와 할머니는 컨테이너 건물 안으로 들어간다. 건물의 자동문이 열리고, 상하좌우에서 흰색 기체가 뿜어져 나온다. 경찰, 무전기로 빈방이 있는지 물어본다. 무전 암호를 사용해서 내용이 알 듯 말 듯하다.

"아아, 브라보, 당소 폭스트롯. 네스트 있는지."

"확인, 잠시 대기 바람."

무전을 들은 경찰은, 문 사방에서 나왔던 기체 앞에 서서 기다린다. 엄마와 할머니도 함께 서게 한다.

"이거, 소독 기체입니다. 많이 맞을수록 좋습니다."

"..."

무전기에 누군가 바람을 후후-분다. 말을 할 테니 들어달라는 뜻이다.

"후후- 폭스트롯 등장 바람."

"폭스트롯 등장."

"당소 브라보측이고, 두 번째에 둘, 마당에 다섯, 있다고 알림"

"확인, 여성 둘 있음. 고령 1인, 환자 1인, 이상."

"각각 하나, 여덟, 둘(182) 호, 하나, 아홉, 일곱(197) 호로 보낼 것, 이상."

"수신."

경찰은 엄마와 할머니에게 '갑시다.' 짧게 말하고 복도 쪽으로 데려간다. 복도 양옆으로 작은 방들이 쭉 들어서 있는데, 작은 창문도 없이 완전히 격리된 방이다.

182호에 도착한 경찰은, 엄마의 엄지 지문을 철문에 찍는다. '등록 완료'라는 글씨가 뜬다. 문이 열리고, 경찰이 엄마를 밀어 넣는다.

"뭐...뭔데요!"

"안에 모니터 있습니다. 안에서 서로 대화가 되니 쭉 계시면 됩니다."

"ㅈ..저기요!!"

저기요! 라는 말이 채 끝나기도 전에 철문이 쿵, 하고 닫힌다. 손이 끼일 뻔한 것을 빠르게 피한다.

그렇게 갓난아이를 낳은 여자는 치료는커녕 다리 사이로 흐르던 피도 닦지 못하고 흰 양말이 빨갛게 물든 채로 독방에 갇히게 되었다.

29.

병원, 기자와 의사, 조종사의 아내가 장례식장 입구에 있다. 아내는 상복을 입을 수 없어 우주복 가운을 입고 있다.

"참...그래도 장례인데 이런 옷으로..."

"어쩔 수 없지요. 바이러스가 이러니..."

의사는 계속 생각에 잠겨있다가,

"그럼 도대체 기자는 여태 한 게 뭡니까?"

"...예?"

"아니, 그 많은 정보를 들고 있으면서 왜 공개를 하지 않냐 이거죠."

"저희가 안 하려고 했겠습니까."

"..."

드론 조종사의 아내는 고개를 살짝 숙여 인사를 한다.

"아무튼, 와 주셔서 고맙습니다. 더 올 수 있는 사람도 없는데... 혼자 있을 뻔했네요."

"아닙니다. 그... 선생님도 들으시죠."

"예."

"곧 저희 쪽에서 기자회견이 있을 예정입니다. 아마 그런데 외출 제한 때문에... 온라인으로 할 것 같습니다만, 그때 모두 밝히겠습니다. 바이러스가 퍼지게 된 원인도 잡히고는 있는데, 아직 확실한 정보가 아니라서요."

"...무언가 있군요."

"지금은 여기까지만 말씀드리겠습니다. 조금만..고생해 주세요."

기자가 의료진과 아내를 향해 고개를 살짝 숙이고, 병원 밖으로 나간다. 외출 제한으로 본인의 집으로 가는 것이다. 기자의 마지막 외출이다.

30.

격리시설 독방의 여자, 닫힌 문을 쾅쾅 두드리다가 벽의 촉감이 이상해서 손으로 스윽, 만져본다. 벽의 중앙에서 화면이 번쩍, 하고 켜진다. 문의 안쪽 면이 커다란 터치스크린이었던 것이다.

"이런 벽은 처음 보는데…"

현재 시각 오후 4시 35분을 보여주는 화면이 나오고, 터치를 이용하여 하나하나 넘길 때마다 복도 CCTV 등의 모습이 보인다. 마지막 메뉴에는 다른 방의 통화 가능 상태, 남자, 여자, 나이대까지 세세한 개인정보들이 적혀있다. 오른쪽 아래 자신의 상태를 설정할 수 있는 톱니바퀴 모양의 메뉴가 보인다.

"이게 뭐야…?"

설정에 들어가니, 성별과 나이, 이름, 생일 등의 공개 여부와 전화 수신 여부까지 설정할 수 있다. 여자만 받기, 남자만 받기 등 생각보다 세부적인 설정이 가능하다. 그 외에 긴급 호출, 화장실 등 다른 설정들도 눈에 띈다. 여자는 자신이 혼자 갇혀있다는 것도 까먹은 듯 어느새 화면에 몰입한다.

"이름…비공개, 성별 공개, 여자에게만 전화 받기…"

어느덧 이것저것 설정하는 데 혈안이 되어 있다. 자신의 개인 정보를 설정하고 나니, 메뉴에 '의사 호출' 기능이 보인다. 여자는 고개를 숙여 자신의 다리를 스윽, 본다. 붉은 양말과 피가 굳어 줄무늬가 되어버린 자신의 다리가 보인다.

"의사 호출..."

여자는 의사 호출을 터치한다. 화상통화가 시작되고, 느닷없이 우주복을 입은 사람이 등장한다.

"네, 부르셨습니까."

"...의사십니까?"

"넵, 방역복을 입고 있어 몰골이 이렇습니다만, 의사입니다. 무슨 일이시죠?"

"저기... 출산을 하자마자 바로 끌려왔습니다. 다리에 묻은 피와... 음... 소독을 하고 싶네요."

"...아, 알겠습니다. 그런데 아시다시피, 똑같은 이유로 여자 의사분 호출이 많아서 그쪽에 의료진이 가는데 시간이 좀 걸릴 수도 있습니다. 양해 바랍니다."

"....오긴 오나요."

"네, 갑니다. 기다려주세요."

31.

 기자가 나가고 둘밖에 없는 장례식장에서 의료진과 드론 조종사의 아내가 대화를 나눈다. 의사와 조종사의 아내 모두 우주복 가운을 입고 있어, 얼핏 보면 우주인 둘이 대화를 나누는 듯한 광경이다. 마지막 외출을 장례식장에서 집으로 가는데 써야 하는 기자의 현실이 둘 다 안타까울 따름이다.

"이번 바이러스가 언제쯤 끝날 것으로 예상하시나요?"

"그러게요, 저도 의사 생활 하면서 이런 적은 처음이라... 그래도, 언젠간 끝나지 않겠습니까. 사람은 자신을 살리기 위해 어떤 방법이든 찾으니까요."

대화가 잠시 끊긴다. 하지만 이내 조종사의 아내가 다시 주제를 바꾼다. 화면 속이 아닌 눈앞의 사람과 이토록 길게 직접 대화한 적이 오랜만이라 대화할 수 있을 때 최대한 많이 할 생각인 것이다.

"아까 기자님 말씀 기억하세요? 원인 파악이 거의 된 것 같다고..."

"맞아요, 그랬었는데..."

의사가 말을 하려던 찰나, 의사의 우주복 가운에서 휴대폰 벨소리가 울린다. 의사 멋쩍게 웃으며 미안하다고 고개를 살짝 숙인다. 아내는 괜찮다며 손을 휙휙 젓는다.

의사는 블루투스 리모컨을 통해 전화를 받는다, 귀에 통화 전용 무선이어폰이 꽂혀 있었다. 얼굴까지 다 덮은 우주복 가운 덕에 의사를 만난 사람 중에서 이어폰이 꽂혀 있다는 것을 눈치챈 사람은 거의 없었다. 전화를 받던 의사는 어떤 부탁을 거절하려는 모양새다. 그러나 점점 표정이 굳어진다.

"추가요? 지금요? 지금 장례식장입니다. 시간 좀 걸리는데 굳이... 알겠습니다."

의료진의 표정이 굳어갈수록 드론 조종사 아내의 표정도 굳어간다. 통화가 끝난다. 여자 의사가 필요한 것 같다며 급한 호출이라 가야 된다고 한다. 드론 조종사 아내의 표정에 아쉬움이 묻어난다.

"하루가 정말로 길군요."

새벽에 자신의 병원에서 바이러스로 노인 한 명이 돌아가신 이야기, 유족에게 붓펜으로 쓴 유서를 전달한 이야기, 유족들이 쓴 답장 편지가 우연히 기자에게 취재가 되어 뉴스에 소개된 이야기, 유족을 차에 태워 집으로 데려다주고 병원으로 돌아왔더니 갑자기 총상을 입은 드론 조종사가 병원으로 들어온 이야기, 그 대기실에서 조종사의 아내와 이번

일의 전담 기자와 대화를 한 이야기... 의사는 이 모든 일을 가만히 생각해본다.

"오늘 하루가 엄청나게 길었군요. 어쩌면...저보다도 더 길었겠네요."

떠난 남편 생각에 아내의 눈에 눈물이 그렁그렁 맺힌다. 의사는 어깨를 톡톡, 두드려준다.

"저도 함께 위로해드리고 싶은데, 왜 하필 여자 의사를 찾는 건지..."

"병원에서 찾나요?"

"그렇긴한데...어디를 가야 한다네요. 무언가 꺼림칙하군요."

"조심하세요."

"네, 스트레스 너무 받지 마시고..."

의사가 자리에서 조심히 일어나 장례식장 문을 나선다. 드론 조종사 아내 쪽으로 살짝 고개를 숙여 인사하고, 아내는 애써 웃으며 손을 흔든다.

"...오늘 유독 일이 많네..."

의사가 중얼거리며 장례식장을 나간다. 건물을 나오고 늘 그랬듯 다가오는 로봇을 향해 외출 허가증을 들어보인다.

"몇 번을 하는 거야. 얼굴 기억도 못 하는 게 무슨 인공지능이라고..."

힘없이, 터벅터벅 걸어서 자신이 근무하던, 정말 많은 일이 있었던 병원으로 향한다.

"...저기요! 의사님!"

"...누가 날 불렀나?"

주변에 아무것도 없는데, 누군가가 의사를 부른다.

의사, 주변을 다시 둘러본다. 멋쩍은 듯 귀를 손바닥으로 툭툭 쳐본다.

"이제 환청도 들리네..."

반쯤 미친 듯 실소를 하는 의사.

"의사님..!"

"...진짜인가...?"

웃다가, 다시 한번 자신을 부르는 소리에 귀를 기울인다.

다시 주변을 둘러본다.

"...박스요 박스...!"

의사를 부르는 의문의 목소리는 이어지고, 박스를 봐달라는 목소리에 눈은 박스를 찾기 시작한다. 길 건너편에 뜬금없이 커다란 박스가 있긴 하다. 의사는 조심스레 자신의 어깨높이까지 오는 커다란 박스를 보는데, 뚜껑 없이 위가 뻥 뚫려있고, 그 안에는...

"아니, 기자님...!"

불과 몇 십 분 전, 장례식장에서 인사를 했던 기자다. 기자는 외출 허가자 신분일 때 받았던 우주복 가운을 입었다. 의사에게 손가락으로 쉿, 하라는 눈치를 보내면서, 작은 소리로 주변에 로봇이 있으면 박스를 들고 있는 시늉을 하라고 한다. 그러면서 함께 한적한 곳으로 이동하자고 한다. 의사가 고개를 끄덕이니, 박스 아래로 발이 쑤욱 나온다. 무릎을 꿇고 계속 바닥에 앉아있던 것이다.

"따라오시죠, 저를 양손으로 잡는 시늉만 하세요, 들지는 말고요."

의사가 양 손을 박스 벽에다가 갖다 댄다. 그 상태로 박스가 발만 나와 스스스 움직인다. 의사는 박스 뒤를 따라간다. 얼핏 보면 반려동물 박스를 보는 기분이다.

"그림이 좀 웃기네요."

"외출이 될 때 로봇들을 보면서 알게 되었습니다. 아무리 인공지능이라 한들... 움직이는 사람이 아니면 신경도 안 씁니다. 마침 경찰도 외출을 못 하고 로봇의 눈으로 세상을 보니까... 그래서 이런 방법을 썼죠."

"이 시대에...아주 걸맞은 방법이군요."

의사가 농담으로 반어법을 툭, 던진다. 기자는 소리를 내지 않고 웃는다.

의사와 기자는 사람의 발길이 뚝 끊긴 주택가 사이의 놀이터에 왔다. 해가 넘어가는데 박스와 함께 있는 사람이라, 일반인들이 보면 가출한 것 같다.

"근데 저, 시간이 많이 없습니다. 어떻게 된 일인가요?"

"그럼 본론만 말씀드리겠습니다."

박스 속의 기자는 장례식장에서 잠깐 했던 이야기를 꺼낸다. 바이러스의 알 수 없는 진원지를 계속 찾아다녔다고 한다. 특정 지역이 아니기에, 의료진이 백날 연구해도 알지 못했던 진원지를 말이다.

"바이러스가 처음 동시다발적으로 발생했던 국가들이 어딘지 기억하십니까?"

기자가 의사에게 물어본다. 모두가 멈출 수밖에 없는 지금 이 시기에, 외출허가증을 받고 의사의 일을 하는 사람들은 분명 예사 의사가 아니라는 것을 기자는 눈치챘던 것이다.

"우리나라, 미국, 호주, 핀란드, 이탈리아, 칠레, 러시아...등등이 있죠."

"이 국가들의 공통점이 뭔지 아세요?"

제발 알아 줬으면 좋겠어요, 라는 눈빛으로 기자가 의료진을 올려다본다. 박스 안에서, 무릎을 꿇은 채로. 그 덕분에 기자는 더 간절해 보인다. 의사의 눈빛이 흔들린다.

"...잘 모르겠네요."

기자의 간절한 눈빛은 이내 또렷해진다.

"선생님, 바이러스는 얼어있다가도 다시 활동을 할 수 있잖아요?"

의사가 잠시 생각에 잠기더니, 점점 눈매가 또렷해진다.

"조금 다르긴 한데, 굳이 말씀드리자면 그렇습니다, 실제로 사례도 있고요."

"사례가 하나 늘어난 것 같습니다."

의사가 깜짝 놀라 박수를 치려다, 순간적으로 멈춘다. 박수 소리가 들리면 로봇이 올 것이다.

"시베리아 지방의 영구동토층이 녹아 탄저균이 다시 활동해서 돌아가신 분이 있죠."

"그렇죠. 바이러스는 언 땅에 묻혔다가도, 다시 녹으면 활동을 시작합니다."

기자가 말을 하려는데, 귀 밝은 로봇이 스윽 다가온다. 기자, 말을 멈추고 박스로 들어간다. 로봇은 이내 바코드를 찍은 사람이라는 것을 인식하고 다시 사라진다.

"이번엔 남극입니다. 아까 말씀드린 국가들 전부 남극에 기지가 있는 나라고요! 온난화 때문에 빙하에 있던 바이러스가 드러난 겁니다. 몇 만 년 전에나 있던, 인간이 여태 본 적 없는 바이러스가요. 자세히 알려드리겠습니다."

"세상에…"

32.

격리시설 독방에 갇힌 여자, 여전히 의사는 오지 않았고, 한쪽 벽에 기대어 꾸벅꾸벅, 졸기 시작한다. 불과 한두 시간 전에 출산했는데 여태 쉬지도 못했으니, 사실상 그동안 초인적인 힘을 발휘한 것이다. 그렇게 몇십분을 계속 꾸벅, 꾸벅 졸고 있다가 누군가의 노크 소리에 자리에서 일어난다.

"...네..!"

여자는 이런 상황에서 딱히 어떻게 대답 해야 할 지 몰라 가장 무난한 대답을 생각해낸다.

"안에 잘 있어요...!"

그러자 모니터가 달린, 여자가 있는 방의 문 너머로 들려오는 의사의 목소리.

"의사 호출했다고 들었습니다! 들어가도 될까요?"

"네! 이거 문을... 어떻게 열어야 할까요?"

사람이다. 여자는 인간다운 인간을 만나서 굉장히 반가워한다. 여자의 눈에 반가움의 눈물이 고인다. 의사는 문밖에서 여자에게 가만히 있으면 된다고 안심시켜준다. 여자는 울먹이는 목소리로 알겠다고 대답한다. 의사가 문을 열고 방에 들어온다. 역시 우주복 가운을 입고 있다.

"괜찮으세요?"

비록 우주복 가운을 입어 사람처럼 보이지는 않지만, 여자는 울먹이며 의사에게 다가간다. 하지만 의사는 여자가 다가오자 뒤로 물러난다.

"다가오시면 안 됩니다. 저도 이러고 싶지는 않지만..."

"또...그 망할 바이러스 때문이겠죠."

여자 다시 뒤로 물러난다. 흐르는 눈물을 닦으며.

의사는 여자의 피가 굳은 다리를 스윽 보며, 왜 불렀는지 말 안해 주셔도 알 것 같다며 가져온 가방에서 각종 소독 물품을 꺼낸다.

"...고생 많으셨어요."

"아이는...볼 수 있나요?"

"저도...잘 모르겠네요."

의사 자신도 출산이 금지된 이후 아이를 낳으면 이런 곳으로 끌려오는지 몰랐다고 이야기한다. 드론 조종사 일 이후 병원에서 우연히 만난 기자에게 들은 이야기들을 여자에게 말해준다. 숨겨지는 사실이 많다고 말이다. 그리고 이후, 몰래 박스로 변장하고 나온 기자에게 들은 사실도.

"이번 사태는... 남극 땅속에 잠들어있던 바이러스가 나오면서 시작되었습니다."

"남극이요?"

"네, 음...열정적으로 취재하신 기자분께 들었습니다."

의사가 여자의 다리 안쪽에 붙은 혈전을 닦아낸다. 여자는 따가운 듯 얼굴을 살짝 찡그린다. 의사는 여자의 눈치를 살짝 보고, 계속해서 소독을 이어나간다.

"녹지 않는 땅...인데, 최근 온난화가 너무 심해서 녹은 겁니다."

"그런데 그게 왜요?"

의사가 혈전을 닦는 데 썼던 거즈와 솜을 위생 봉투 안에 담는다.

"그 안에 냉동 상태로 갇혀있던 바이러스가, 녹으면서 다시 활동을 시작한 겁니다. 몇만 년...인간이 생기기 이전에 있었던 바이러스가요."

"그게 가능한가요? 주변이 얼어있는데 죽지 않나요?"

위생 봉투를 꽉 묶는 의사. 각종 의료기구를 챙긴다.

"네... 이런 일이 최근 비일비재합니다. 시베리아 쪽에서는 몇 번 있었죠. 그렇게 온난화를 경고했건만."

의사, 짐을 모두 챙기고 자리에서 일어난다. 여자 따라 일어난다.

"끝났습니다. 최대한 안정을 취하시면 됩니다. 저는 이만..."

"선생님, 뭐 하나만..."

여자가 의사를 불러 세운다.

"혹시... 갓 태어난 아이가 부모와 장시간 떨어져 있으면, 부모를 인지하지 못하나요?"

"어... 제가 그쪽 분야는 학생 때 배운 게 전부라 말이죠."

"...알겠습니다. 죄송합니다, 고생 많으셨어요."

의사, 문밖으로 나가려다.

"아, 아까 들은 이야기는 아직은 비밀로 해두십시오. 곧 발표가 있다고 하니."

"알겠습니다. 들어가세요."

"...곧 이런 생활, 끝날 겁니다. 나와요, 이제."

"...뭐가 나와요?"

의사가 답을 하지 않고 독방을 나가고, 여자는 다시 혼자가 된다. 여자는 스크린을 켜 함께 격리 중인 사람들이 단체로 대화 중인 음성 대화방에 입장한다.

33.

10명 정도가 참여 중인 음성 대화방, 각종 말들이 오가는데, 여자가 의사에게 물어본 주제로 대화가 이어지는 듯하다. 격리시설에 온 사람들 대부분이 여자와 같은 이유이기 때문이다. 특히 그 중, 격리된 지 가장 오래된 것으로 보이는 사람이 하는 말이 인상적이다.

'제가 보기엔, 전혀 제가 엄마인지 몰라요. 경찰이 자기 부모인 줄 안다고요. 이미 태어날 때부터 경찰을 보면서 태어났고 몇 개월을 그렇게 자랐는데 어떻게 저를 알겠어요?'

34.

문 앞, 아래로 발만 삐죽 튀어나온 커다란 박스가 들어온다. 얼핏 보면 도둑 같다. 문이 닫히고, 그 안에서 나오는 우주복 가운을 입은 기자. 박스를 향해 뿜어대는 흰 소독 기체가 사라지기 전에 몸을 비빈다.

"어후..."

안도의 한숨을 쉬는 기자, 원룸인 자산의 집 한쪽에 있는 노트북을 켠다. 켜자마자 메일이 왔다는 알림이 우르르 쌓인다.

'F: 남극 관련 ...'

'F: 올려도 될 것 같습니...'

'F: 핀란드 외 5개 국가 확인...'

기자는 메일의 제목을 스윽 훑어보고는 '됐다'라고 중얼거린다. 쌓인 메일들을 모조리 읽음 처리하고는, 그대로 화상 회의 프로그램을 켠다. 기자는 제목을 입력한다.

'제목: 백신 개발 기자회견'

35.

"지금 이 시각, 저는 여러분께 아주 중요한 소식을 하나 알려드리려 합니다."

기자가 첫 마디를 떼자, 함께 참여 중이던 외국인 기자들이 이 말을 10여 개의 각자 국가 언어로 통역한다.

"현재 한국 시각 오후 8시 정각입니다. 저를 비롯한 한국 기자단은 지금부터, 이번 신종 바이러스의 창궐 원인을 밝혀냈음을 알려드리려 합니다."

외국인 기자들이 각자 현지 시각을 말한다. 오전, 낮... 시간대가 정말 다양하다.

"저는 외출이 허용되었던 기간 동안, 기자의 본분을 다하며 여러분들의 알 권리를 보장하려 노력했습니다. 그러나 기사를 내는 족족 사회의 혼란을 부추긴다며 거절당했습니다."

기자가 잠시 숨을 고른다, 그동안 각국의 기자들이 내용을 여러 나라의 언어로 바꿔 말한다.

"저는 먼저 이번 사태에 대해 미생물과 바이러스 분야를 잘 아는 교수님을 여럿 만나 예방법을 먼저 물어보고자 했습니다. 하지만 그때마다 이런 형태의 바이러스는 자신이 연구하면서도 처음 본다며 확답을 못 해준다는 말만 되돌아왔습니다."

기자가 책상 위에 있는 종이를 흘긋 보고, 오른손에 들고 있던 펜으로 길게 밑줄을 쫙 긋는다.

"그러던 중 우연히, 한창 바이러스가 퍼지고 있을 때, 이게 마지막 취재겠구나 하는 생각으로 한 교수님을 만났습니다."

36.

연구실, 대학교수로 보이는 사람이 책상 위에 엎드려 있다. 그러던 중 들리는 노크 소리, 하지만 교수는 대답이 없다. 몇 초간 정적이 흐르다가 다시금 노크 소리가 들린다. 교수, 힘겹게 책상에서 일어나는데, 눈이 살짝 부어있다.

"들어와요."

끼이익, 문이 열리고, 우주복 가운을 입지 않은, 사람다운 모습의 기자가 들어온다. 마스크를 쓴 모습이다.

"안녕하세요, 메일 보냈던..."

"아, 기자시네요. 앉아요."

교수가 자리에서 일어나 손바닥으로 소파를 가리킨다. 기자는 그 자리로 가고, 교수도 천천히 그 옆으로 움직인다.

"아마 저희가 이런 온전한 형태로 볼 날이 오늘이 마지막일 겁니다."

"...예?"

기자는 너무 갑작스러운 교수의 말에 급히 주머니에서 수첩과 펜을 꺼낸다.

"저도 동료를 잃었습니다. 이번 바이러스 때문에요. 누구보다 바이러스에 대해서 잘 알던 분이었습니다. 저보다도 더요."

"안타깝네요...고인의 명복을 빕니다."

"저와 그 친구 둘 다 확신한 것은, 일반적인 바이러스가 아니라는 겁니다. 인간이 본 적이 없는 형태입니다."

기자가 교수의 말을 빠르게 수첩에 써내려간다.

"어쩌면...이 마스크도 무용지물일 겁니다. 당장 며칠 뒤에 제가 없을 수도 있습니다. 기자님도 위험할 수 있고요."

"에이, 그런 불안한 말씀 하시지 마세요. 누구보다 이쪽 분야의 전문가잖습니까."

교수가 다시 자신의 자리로 넘어가 컴퓨터 화면을 켠다.

"인간이 본 적 없는 바이러스입니다. 어쩌면 약 자체를 만들지 못할 수도 있어요. 약을 만들기 전에... 사람이 없어질 수도 있어요. 이런 속도와 형태의 전파는 본 적도 없어요."

기자는 교수의 말을 쓰다가 수첩의 종이를 한 장 넘긴다.

"그럼 백신은... 시도도 못 하겠군요."

"지금 백신을 개발하기 보다는, 이미 있는... 가장 흔한 약부터 변형해가며 하나하나 확인하는 것이 더 빠를 수 있습니다. 이 친구도 그러던 도중에 몸에 너무 퍼져버려서..."

기자가 수첩에, '판매 중인 약'이라는 단어를 쓰고 별표를 그린다.

"이 친구도 귀국할 때만 해도 멀쩡했던 친구입니다. 그 극한의 지역에서 살다가 왔는데, 한국에 온 지 며칠 만에 갑자기 끙끙 앓다가 죽었어요. 이태리에서 원인 모를 병으로 사망자가 생겼다고 한 지 나흘만입니다. 그 병이 뭔지 연구해보려다 죽었습니다. 시작만 하고요."

"어디서 왔는데요?"

기자는 교수의 말을 마저 쓰느라 눈은 수첩에 간 상태로 물어본다.

"남극이요."

기자가 글을 쓰다 말고 고개를 들어 교수를 바라본다.

"그럼, 그곳에 있던 다른 나라 연구진들도 똑같은 증세가 있겠군요."

37.

"...그렇게 여러 국가에서 의문의 병으로 사망한 사람들의 공통점이 남극의 연구원이었습니다. 남극의 얼음이 녹고, 묻혀있던 땅이 드러나며 나온 겁니다. 즉, 이번 신종 바이러스는 고대에 있던 바이러스입니다.. 그런데 왜 저희만 몰랐을까요?"

기자가 책상에 있던 종이를 다시 넘기는데, 마지막 한 장이다

"처음엔 숨겼습니다. 앞으로 그곳에서 진행될 연구에 차질이 생길까 봐서요. 힘든 극지에서 고향으로 돌아온 연구원은 그렇게 허무하게, 원인도 모른 채 돌아가셨습니다."

다른 기자들도 각자의 언어로 말을 하는데, 모두 흥분하여 말이 점점 겹치는 모습이다.

"그 사이, 다른 나라는 이미 최초 발원지를 찾는 연구와 백신을 만들기 위해 시중에 판매 중인 약들을 그대로 확인하거나, 변형하기 시작했습니다. 하지만, 저희는 이런 사태가 시작되었다는 것조차도 모르고 있었습니다."

다른 기자들이 말하는 것을 모두 멈출 때까지 기다리고, 다시 말을 하는 기자.

"물론 늦게나마 통제를 잘해주고, 국민들께서 잘 따라주신 덕분에 지금은, 다른 국가들보다 훨씬 더 안정적인 상황입니다."

기자가 자리에서 일어나, 꾸벅 인사를 하고, 그 자리에서 우주복 모양의 가운을 벗기 시작한다. 다른 기자들도 말을 하다 말고 깜짝 놀라 기자를 바라본다.

"자, 여러분, 이쯤이면 이상한 점을 잡아야 합니다."

38.

독방에서 나간 의사, 늘 그러듯 바코드를 로봇에게 보여주고, 다시 병원으로 돌아가려 차에 타고 시동을 건다. 방금 만났던 기자의 목소리가 라디오로 흘러나온다.

"드디어..."

의사는 자동차의 백미러로 뒷좌석에 한가득 있는 종이가방을 흘깃 본다. 종이가방 안에는 알약이 한가득 들어있다.

39.

"저는 바이러스로 돌아가신 분의 동료를 만났습니다. 그분은 지금까지 살아계십니다. 저도 물론이고요. 어떻게 살아 있을까요?"

40.

의사의 차가 병원 주차장으로 급히 들어간다. 의사는 뒷좌석에 있는 종이가방에서 알약을 하나 꺼내, 들고 있던 물과 함께 벌컥벌컥 마신다. 그리고 보조석에 있는 우주복 가운을 차 안에 그대로 놔둔 채 종이가방만 양손에 한가득 들고 내린다. 병원 안에 있던 사람들이 깜짝 놀란 표정으로 의사를 바라본다.

"여러분! 모두 빨리! 이거 받으세요! 살고 싶으면!"

병원 안에 있던 사람들, 모두 긴가민가한 표정으로 고민하고 있다. 병원에 달려 있는 TV에서 기자의 목소리가 흘러나온다.

"바이러스가 퍼져가던 지난 몇 년 동안, 저희 기자들과 이 분야 연구원들, 약사분들은 계속해서 다른 국가와 협력했습니다. 그리고, 어떤 약이 효능이 있는지 알아냈습니다. 지금, 그 결과물이 여러분 뒤에 있습니다."

기자가 화면을 향해 손을 뻗는다. 이미 의사와 말을 맞춰두고, 회견 현장에 없는, 지금쯤 병원에 있을 의사를 믿고 카메라를 향해 손을 뻗은 것이다. 그 손끝이 닿은 곳에는 TV를 지켜보는 사람들의 눈이 있었다.

"지금 병원에 계신 여러분, 모두 뒤를 돌아보세요. 그리고 주시는 것을 받으세요. 오늘부터 인간은 사회적인 동물이라는 명제는 다시 참이 됩니다."

의사는 안 되겠다 싶었는지, 바닥에 약이 든 봉투를 마구잡이로 뿌리기 시작한다. 이미 이야기를 들은 다른 의사들이 예상했다는 듯 나와서 돕는다.

의사가 여럿 나오는 것을 본 병원 안에 있던 몇몇 사람들이 뒤로 돌아 병원 밖으로, 바닥의 약 봉투를 향해, 서서히, 뛰기 시작한다.

"늘 그래왔듯, 저희는 답을 찾았습니다."

거울

내가 직접 겪은, 또는 두 눈으로 본, 아니면 경험담을 두 귀로 똑똑히 들은 이야기들.

첫 번째.

밤.

홀에는 의자가 테이블 위에 뒤집힌 채로 올라가 있다.

마감 시간이다.

띠링-

위에 달린 작은 종이 문이 열리며 서로 부딪힌다.

"어서 오세요~"

술 한잔 걸치신 것 같은 아버지보다는 나이가 좀 있어 보이는 손님. 볼이 빨갛다. 사춘기 손님은 아닌 듯.

"손님, 죄송한데 저희 곧 마감이라 포장만 가능하..."

"커피."

말을 끊는다. 카드를 계산대 위로 던지면서.

...잘못 들었나?

"...네?"

"안 들려? 커피 달라고!"

두 번째.

새벽. 대로변 편의점.

피곤을 이겨내며 버틴다.

쾅.

유리문에 무언가가 들이박는다.

저거 고정문인데... 문맹인이다.

손을 덜덜 떤다. 얼굴이 시뻘겋다. 술 냄새.

"체인지 줘."

"네, 잠시만요~"

담배 위치는 한 달에 한 번씩 바뀐다.

오늘이 그 첫날이다.

그래도 빨리 찾았다.

퍽.

"니 내랑 장난하나?"

뒤통수를 맞았다. 처음 보는 사람한테.

"네?"

"장난하냐고, 빨리 안 줘?"

세 번째.

"이번 역은…"

카톡.

지하철 첫차, 밀린 과제를 밤새도록 다 하고 집에 가는 길.

'K야'

이런 아침부터 부지런도 하셔라.

'네, 선배.'

'혹시 검은색 옷 있어?'

갑자기?

'찾아봐야 할 것 같아요! 근데 왜요?'

'L이 기숙사에서 뛰어내렸단다… 혹시 시간 나면 너도 와.'

'네?'

부고 소식이 날아왔다.

스물 두 살인데…

네 번째.

기차역. 꽤 큰 역이다. TV가 있다.

'한 사립대에 다니는 2학년 재학생이 자신의 신변을 비관하는 유서를 남기고 기숙사에서 투신해 숨졌습니다. 해당 학교는 현재 기말고사 시험 기간으로…'

옆 학과 부과대 이야기.

"말라꼬 죽노 근데."

TV를 보며 한마디 하는

"지 죽는다고 세상이 달라지는 줄 아나."

…어른들.

"쯧, 요새 아들은 세상 좋은 줄도 몰라."

나는, 일주일 동안 3시간을 잤다.

"내 저때는, 스마트폰 이런 것도 없었는데. 쯧…"

물론 7일 합쳐서.

"편하게 사는 줄도 모르고…에이…퉤."

기차역 바닥에 침이 떨어진다.

"에이씨, 여행길에 재수 없게. 이상한 뉴스 들었네."

하늘은 왜 잘 살기 위해 끊임없이 고민하는 사람을 데려가나.

너도 참 무심하다.

다섯 번째.

"야, 빨리 좀 가, 속 터지겠다. 초보 티 내?"

"…"

10000km, 내가 운전한 거리.

저 새끼가 탄 거리, 3500km.

나, 면허 1년 차.

접마, 면허 3개월 차.

나, 운전석, 조용히 운전 중.

쟤, 보조석, 열라게 떠드는 중.

나, 초보운전 스티커 귀찮아서 안 뗌.

저거, 안 붙이면 무서워서 운전 못 함.

"야, J야, 솔직히 시속 50km 속도제한은 너무하지 않냐? 빨리 가야 되는데 카메라는 겁나 많고. 너도 좀 가라. 솔직히 누가 속도 지키냐? 카메라 없는 곳에서."

"…"

라디오 볼륨을 높인다.

13, 14…

"아무리 50 제한이라지만 이 넓은 도로에서 60으로 가냐? 더 가, 도로 뻥 뚫렸잖아."

귀가 아파온다.

"...형."

빨간불.

"왜?"

"형은 눈앞에서 사람 죽는 거 본 적 없지."

"응."

보행자 신호에서 녹색 불이 깜빡이기 시작한다.

"난 항상 출퇴근 시간에, 이 악명 높은 도시에서 도심지로 가야만 해. 이게 가장 빠른 길이야."

"근데?"

"그러다 보면, 이틀에 한번, 많으면 서너 번. 사고가 나는 걸 라이브로 보거나, 사고 현장을 봐."

"..."

차량 신호에 녹색 불이 들어온다.

"멀쩡하게 명함 주고받는 간단한 접촉사고나..."

횡단보도를 채 건너지 못한 노인이 힘겹게 걷는다.

"차가 뒤집어져서, 사람 피가 목에서 나와 눈으로 흐르는 사고까지."

지팡이를 짚은 노인이 중앙분리대를 지나 이쪽으로 걸어온다.

"그러면 무슨 생각이 드는지 알아?"

힐끗, 오른쪽 사이드미러.

내 차 옆, 끝 차선에 외제차. 빠르다, 엄청.

"내가 조금만 빨리 갔다면, 저 자리에서 명함을 교환하고 있겠구나."

노인이 힘겹게 걷는다. 지팡이를 짚으며.

탁, 탁, 탁...

지팡이의 작은 소리지만, 귀에는 크게 들린다.

"내가 조금만 빨리 달렸으면, 이 자리에 없을 수도 있겠구나."

노인을 본 운전자들은 모두 정지선에서 출발하지 않고 있다.

일제히 비상등을 켠다.

파란불이지만 못 가는 이유가 있으니 양해를 부탁한다고.

"내가 조금만 빨리 달렸다면."

빠르게 달려오는 외제차는 속도를 줄일 생각을 하지 않는다.

노인이 내 차 앞의 횡단보도를 걷는다.

끝 차선 앞에 진입한다.

"...내가 사람을 죽일 수도 있겠구나."

확. 엑셀.

"야!!!"

K가 핸들을 꺾었다.

뒤에 오던 외제차가 경적을 울리며 급브레이크를 잡는다.

노인이 그 소리에 놀라 넘어진다.

외제차에서 운전자가 내린다.

씩씩대며 달려온다.

"형. 알겠어?"

K가 내린다.

"야! 사이드 안 봐?"

"저기요, 앞에 보세요."

K의 자동차와 나란히 있던, 비상등을 켜고 있던 차량에서 운전자가 내려 노인을 부축한다.

"당신, 사람 죽일 뻔했다고 지금."

외제차주를 째려보며.

"…"

외제차주가 꾸벅, 고개를 숙인다.

"난, 사람 죽이기 싫어."

자신의 차로 돌아간다.

"사람이 죽는 것도 보기 싫어."

여섯 번째.

"이틀 뒤까지요."

"..네?"

잘못 들었나.

"아니, 뭐… 30분짜리 영상 만드는데 이틀이면 충분하지 않나?"

참자.

"아, 네…일단 영상 원본을 받아보고 말씀드리겠습니다."

참아야 해.

"영상? 뭐, 원본 내가 잘 찍었으니까 편집 쫌만 하면 되잖어~ 이틀 안에 되는거로 알게. 수고해~"

이 사람. 클라이언트다.

"…수고하세요."

내 작업실.

영상이 왔다. 마구잡이로 섞여서.

"하, 씨…"

하나하나 봐야 한다.

"...뭐야 이거."

초점이 나갔다. 전부. 다.

하나도 빠짐없이.

일곱 번째.

"선배님, 그거 알아요?"

"뭐?"

지금은 회사다.

새벽 3시 반이고, 야근...을 하는 중이다.

"요즘 젊은 애들 있잖아요."

5살 연상의 선배와 함께.

"오, 맞춰 볼게. 세대 차이를 줄일 기회네."

선배가 아시려나?

"'커피'라는 단어가 목적어일 때, 서술어 자리에 뭐가 들어가는지 맞혀보세요."

문제를 너무 어렵게 냈나?

"잠시만, 그러니까...커피를 뭐뭐한다?"

역시 선배, 이해가 빠르셔.

친하면 잘 통해.

"네! 그 뭐뭐에 어떤 서술어가 들어갈까요?"

맞춰보세요.

선배는 알 것 같아요.

"어려운데…'마신다'가 답이 아니니까 문제를 줬을 거잖아."

아, 아까워라.

그래도 눈치는 있으니까 특별히 힌트.

"음…요즘은 커피 대신 카페인이라는 목적어로 더 자주 쓰는 것 같아요."

"카페인?"

카페인을 뭐뭐한다. 뭘까요?

"음…"

선배, 할 수 있어요.

"…모르겠어. 난 세대를 알게 되려면 더 공부해야겠다."

"아, 아쉬워요. 선배, 정답은요."

카페인을 수혈한다고 해요.

요즘 애들, 아니, 우리 국민들 있잖아요.

오죽 사는 게 힘들었으면 말이에요.

커피를 그렇게 많이 먹는 것도 모자라서요.

카페인을 '수혈한다'라는 표현을 쓸까요?

링거도 아니고.

얼마나 힘들었으면.

"수혈... 틀린 말은 아니네."

"...그쵸, 저희도 수혈 중이잖아요. 안 죽으려고."

"아무래도 그렇지."

그런데 진짜 신기한 게.

"선배, 카페인 많이 먹어봤어요?"

"많이? 많이의 기준을 모르겠다?"

대학생 때, 밤샘 공부를 했다.

당시, 커피우유 1리터를 먹었다.

그때 신기하게도.

"많이 먹으면, 커피, 그러니까 카페인에서요, 소독제 냄새나요, 진짜로."

카페인과 링거의 공통점인가?

여덟 번째.

새벽 4시 반.

시험공부하고 집에 가는 길.

대학교 밑, 원룸촌은 어둠이다.

터벅, 터벅-

누군가 있다.

내 뒤에.

"...떨지 말자."

터벅, 터벅.

소리가 대략, 건물 하나 거리.

"...자주 있던 일이야."

자연스럽게, 최대한 자연스럽게.

"제발...받아줘..."

전화. 새벽 4시 39분.

"...제발..."

빨라지는 뒤의 발걸음 소리.

야속한 스마트폰.

"...고객님이 전화를 받지 않아..."

아니야.

아니야.

아니야...!

가까워지는 소리.

"할 수 있어. 최대한..."

근처다. 뛸까.

뛸까?

뛴다.

뛰어야지.

셋

둘…

"어, 야! 기다렸잖아."

"야아...!"

내 뒤 발걸음 소리가 멀어져간다.

나도 모르게, 다리에 힘이 풀리고.

눈앞의 친구에게 안긴다.

왜 눈물이 나지.

"야이씨, 너 왜 전화 안 받아 새끼야...!"

"내가 나와 있는데 받았으면 소리 나서 더 위험했어, 괜찮아, 이제."

이렇게, 잠시만 있어 줘.

"괜찮아, 괜찮아. 야, 내가 여기 자취를 몇 년 했는데. 친구 지켜야지 새꺄."

"...무서웠다고..."

"야, 내가 너 5년 봐왔는데 너도 무서운 게 다 있네."

고마워.

"너 남자친구가 이렇게 해 주겠냐? 교육 제대로 시켜 놔, 나만 한 친구 드물다?"

고마워, 정말

-

"어때요."

주변이 어둡다.

한 청년이 묻는다.

갓을 쓴 사람에게.

그 사람은 잠시 생각하고, 청년을 이끈다.

청년은 따라 들어가고,

주변이 차츰 붉게 물든다.

노을이 굉장한 바다 위 하늘이다.

"젊은이네. 요즘 젊은 사람이 자주 오구만, 안타깝네."

얼마나 들어왔을까.

노인의 목소리가 들려온다.

"젊은이라니, 어디서 들리는 거죠? 저를 어디서 보고 있나요?"

청년이 묻는다.

"곧 보여."

하늘이 아주 붉어진다.

"어쩌다 명을 어기고 벌써 발을 들이게 됐어요?"

갓을 쓴 이는 청년의 시야에 없다.

"어...저승사자 아저씨!"

청년의 손이 떨린다.

"안심하세요. 해칠 생각 없어요."

"……"

목소리의 주인공이 나타난다.

지팡이 들고, 양복 입고, 둥근 모자를 쓴, 그러나 얼굴에 주름이 있는 노인이다.

"안...안녕하세요."

"어서 오세요. 앉아요."

어느새 분명 없었던 것 같은 벤치가, 생겨있다.

"어...뭐...부터..."

"하고 싶은 말 해요."

노인과 청년이 나란히 앉는다.

"뭘...말해야..."

노인이 두 손으로 청년의 손을 잡는다.

쭈글쭈글, 그러나 연륜이 있다.

주름 하나하나는 지혜의 양이다.

"...아휴..."

청년의 눈에 눈물이 고인다.

손만 잡았을 뿐인데.

"저는...왜..."

청년은 얼굴을 노인의 손에 파묻는다.

넓은 어깨가 떨린다.

"고생했어요. 젊은 친구."

오랜 시간, 붉은 하늘 아래.

청년이 훌쩍이는 소리만이 들린다.

얼마나 지났을지.

"...제가 생각한 이미지하고 많이 다르네요."

"다들 그러시더군요."

노인이 의자에서 일어난다.

"사람들이 너무 힘들게 살았는지, 죽은 후 만나는 이도 무섭게 표현하더군요."

"..."

노인의 모습이 바뀐다. 붉은색 곤룡포를 입은 모습이다.

"대충...이런 모습이지 않나요?"

"어...조금 더 무서운 모습이긴 한데..."

원래 모습으로 돌아온다.

"그런 모습은 내가 하기 싫네요. 이곳에 온 이에게 편안함을 주지는 못할망정."

"...모든 죽은 이에게 이러나요? 범죄자에게도?"

"응? 죽어요? 누가?"

거울

"뭐...사형이나...감옥에서 살다가 여기로 오는 사람들, 있잖아요."

노인이 다시 청년 옆에 앉는다.

"청년, 그런 사람은 이런 곳에 안 와요. 다음 생에 벌을 받겠지. 뭐하러 이런 곳에 데려와서 쉬게 하겠어."

"아..."

노인이 안주머니에서 무언가를 꺼낸다.

주머니는 물론 옷보다도 큰 커다란 종이가 접힌 채 나온다.

청년은 저게 어떻게 저기에 들어갔지, 생각했으나.

여기니까. 하고 넘어간다.

"청년 주머니에도 있어요."

"네?"

주머니에 손을 넣는데, 무언가 잡힌다.

작은 주머니에서 커다란 거울이 나와 이질감이 느껴진다.

"난 글을 읽을 겁니다. 그리고 그 거울엔 무언가 비칠 겁니다."

청년이 거울을 본다.

노인이 종이를 펼친다.

"...내용이 길군요. 여덟 개의 단락이 있네요."

"네?"

"첫 번째부터 여덟 번째까지... 길다고요. 굳이 다 안 읽어도 되겠어."

청년이 거울을 높이 들어 살핀다.

"...거울에 아무것도 비친 게 없는데요? 뭐...속으로 읽으신 거에요?"

"눈으로 읽다가 안 읽기로 했어요. 제대로 봐요."

청년이 거울을 다시 본다.

깜빡깜빡.

긁적긁적.

"...아무것도 안 보이는데요"

"내가 이 글들을 다 안 읽은 이유가 뭔지 알아요?"

"뭔가요?"

"다 똑같거든. 거울 볼 때 반응이."

청년이 거울에 얼굴을 가까이한다.

"...뭐가 보인다고..."

노인은 아랑곳하지 않고 이야기한다.

"그렇게 큼지막한 거울에, 아무것도 보이는 게 없대."

그 말을 들은 청년이 거울을 들고 이리저리 살핀다.

양면 거울이다.

거울을 뒤집어서 든다.

얼굴을 가까이 댄다.

깜빡깜빡.

긁적긁적.

"청년, 제가 읽은 글이 뭔 줄 알아요?"

"전 모르죠..! 보이는 게 없는데!"

청년의 표정이 굳는다.

거울에 굳은 표정이 보인다.

"정말 아무것도 안 보여요?"

"...네..!"

노인의 쭈글한 손이 청년의 눈을 감긴다.

"뭐가 보여요."

"안 보이죠. 눈을 감았잖아요."

노인의 손이 눈을 떠난다.

"청년, 내가 꺼낸 글에는, 당신이 고생한 순간들이 있어요. 아르바이트, 직장생활, 공부, 직업에서 나오는 일거리들, 뭐...작업이나, 내내 시달리는 마감, 타인과의 인간관계, 생각하고 싶지 않은 기억들. 그런 것들. 그래서 많다고 한 거야."

청년은 계속 눈을 감고 있다.

"눈 떠봐요."

노인이 큰 거울을 청년의 눈 바로 앞에 들고 있다.

"아이 깜짝이야."

"뭐가 보여요?"

청년이 허벅지를 탁, 친다.

"어르신...아니, 저승신님? 아무것도 안 보인다니까요..!"

"누가 저승신이래. 여긴 저승이 아니에요."

노인이 거울을 놓는다. 의자 위에.

"휴...청년, 마지막으로 한 번만 더 말할게요."

노인의 쭈글한 손이, 거울의 유리를 가리킨다.

세월의 흔적이 가득한 손끝이 보인다.

"이 손끝에, 뭐가 보여요? 시간 줄게요."

청년이 노인의 손끝을 바라본다.

시선은 손끝에서 거울로 향한다.

거울에서 노인의 손끝이 보인다.

세월의 흔적을 따라 손을 거슬러 간다.

청년의 얼굴이 보인다.

눈을 깜빡이고,

머리를 긁적이던,

청년 자신의 모습이 보인다.

"...제가 보이네요."

노인이 거울을 가져간다.

"드디어 보았군요, 청년."

"..."

"거울에는 자신의 모습이 비쳐요. 당연한 거잖아요."

"그렇죠..."

노인이 청년의 머리를 쓰다듬는다.

머리카락에 세월의 흔적이 느껴진다.

손이 따뜻하다.

"자신이 제일 중요한 거예요. 지켜요. 자신을."

노인이 벤치에서 일어난다.

청년, 노인을 바라보는데.

"...어?어??"

주변이 하얗다.

빨갛지 않다.

"일어났어???"

손이 따뜻하다. 누군가가 잡고 있다.

"여긴..."

"아이고..! 일어났구나, 드디어...!"

오른쪽부터 시선을 돌린다.

링커.

호스.

내 손목에 꽂힌 주사.

맞은 편, 누군가 밥을 먹는 침대.

누군가가 꼬옥 맞잡은 내 손.

나를 보는, 눈물이 맺힌 눈동자.

"그렇게 몸 안 챙기고 막 살 때 알아봤다고 새끼야...!"

"야, J야..."

그렇구나.

자신이 제일,

중요하다고….

에필로그 : Behind the Scene

1. 너의 이름은?

<식사는 하셨어요?>를 믿을 만한 친구에게 독자의 입장에서 내 글을 평가해달라고 보낸 적이 있다. 그 파일에 뒷이야기가 조금 더 있다.

"...식사는 하셨어요?"

"네?"

여자가 내 쪽으로 뚜벅뚜벅, 걸어온다.

"식사, 안 하셨어요?"

"...아..."

"혹시, 까르보나라 드실래요?"

"...네, 저도 그거 좋아해요. 하얗잖아요."

"저랑 이유가 같네요."

함께 걷는다.

"...이름이 어떻게 되세요?"

여자가 묻는다.

"아, 제 이름은..."

원래 이게 마지막이었는데 어떤 영화를 표절한 것 같은 느낌이 들어서 뺐다. 웃자고 하는 말이 아니라 진짜다.

물론 열린 결말인 점은 똑같다. 그래서 열린 결말을 싫어하는 몇몇 친구들이 왜 하필 열린 결말이냐고 물어보더라. 원래 내 생각은 더 독했다. 독자의 상상에 맡기고 글의 몰입도를 높이기 위해 주인공의 이름은 물론 성별까지 따로 서술하지 않으려 했다. 그러다 내용 중 사진을 지우는 과정에서 '이성 친구'로만 계속 서술하기엔 너무 줄거리가 모호해서 '여자 친구'로 바꾸며, 주인공의 성별이 남자가 되었고, 사진관을 자주 방문하던 또래의 손님도 여자가 되었다.

2. 줄거리와 나름의 해설

<식사는 하셨어요?>는 예전부터 생각해온 소설이다. 누군가의 기억을 '지운다'에서 시작했는데, '한순간의 기억만 지우면 그와 연결된 수많은 연결고리는 어떻게 될까?'로 발전하여 이 글을 쓰게 되었다. 그러다가 기억의 근원이 되는 것은 경험이고, 그 경험은 대부분 타인과의 만남에서 이루어지며, 만나면 밥부터 먹는 나와 내 친구들의 일화를 최대한 반영하여(?) 소설의 틀을 점차 잡게 되었다. 가장 공을 많이 들인 소설이고, 친구들에게 먼저 평가를 부탁했을 정도로 그만큼 반응이 궁금했다. 제목으로 달아 놓은 것도 이러한 이유이다. 다만 이런 소재의 소설이 적지 않아 미처 내가 못 본, 비슷한 내용의 글이 없었으면 하고 간절히 바라고 있다.

<언택트>의 경우 이제는 일상이 되어버린 코로나19에서 '바이러스'라는 소재를 따와서 쓴 글이 되었다. 다만 이런 소재의 영화나 글을 거의 읽은 적이 없어 로그라인을 만드는 것이 꽤 어려웠다. 또한 쓰면서도 흐름이 늘어지는 것 같아 자체적으로 생략한 이야기가 많다. 두 가지 예를 들면, 첫 번째는 기자와 대학교수와 만나 함께 바이러스에 대한 백신을 논의하는 이야기(글 중 36), 두 번째는 박스로 위장한 기자와 의사가 만나 백신이 만들어졌음을 통보하고 기자회견 일정을

말해주는 장면(글 중 31) 등이다.

이 글은 전무후무한 바이러스가 퍼진 상황에서 한 동네에서 동시다발적으로 일어나는 여러 가지 사건을 분리해서 묘사했다가, 점차 뉴스와 경찰, 기자, 의사를 통해 하나로 묶어나가는 형식으로 전개했다. 눈치를 챘는지는 모르겠지만, 글에서 모든 일이 일어나는데 24시간이 채 걸리지 않았다. 또한, 모든 주인공은 이웃 주민들이다. 덧붙여, 이 글을 읽으며 '의사'가 출산을 한 여자를 소독하러 가기 전까지 무조건 남자라고 생각했던 사람이 없었길 간절히 기원한다.

<거울>은 제목을 정하는 데 정말 어려움이 많았다. 그러다가 '우리의 일상을 비추는 거울'과 '자기 자신'이라는 중의적인 의미로 제목을 거울로 지었다. 글 초반에 여덟 가지의 이야기 더미가 있는데, 맨 앞에 서술되어 있듯 여덟 가지 이야기들은 모두 실화를 바탕으로 하고 있다. 또한, 심한 묘사를 줄이면 줄였지 더 과장해서 표현하지는 않았다. 내가 직접 겪은 이야기가 하나 이상 있으며, 그 외에 대학 동기, 선후배, 친구 등 지인의 이야기가 섞여 있다.

이후 글은 어딘가로 오게 된 한 청년과 노인의 대화로 바뀐다. 노인은 청년에게 거울을 주고, 자신은 종이를 펼쳐 본다. 노인의 '여덟 개의 단락'과 '고생하는 순간들'이라는 말에서 초반에 쓴 이야기 더미들이 종이에 적혀있음을 알 수 있

게 했다. 또한 '요즘 젊은 사람들이 많이 온다'라는 말로 20~4/50대의 번아웃(과로)에 대한 소설임을 나름대로 드러내 보았다. 앞서 썼듯이 거울은 자기 자신이고, 노인이 청년에게 거울을 보여주는 것은 '자기 자신을 챙겨가며 살아라'는 의미를 담고 있는데, 정작 청년은 거울이 어떤 의미인지 알지 못한다. 노인은 그 이전에 '거울 볼 때 반응이 다 똑같다'고 말하며 대다수의 사람이 자기 자신을 챙기지 못해 이곳에 다녀갔음을 말했다. 청년은 거울에 비치는 모습이 자기 자신임을 깨닫고 나서, 현실 세계로 돌아오게 된다. 소설 중에 저승사자 비슷한 사람도 있고, 분위기가 저승 가는 분위기지만, 노인이 있던 세계는 저승이 아니다. 노인은 이를 누누이 강조했다.

어쩌면 우리도 꿈속에서 이런 노인을 만난 적이 있을 수도 있다. 다만 기억을 못 하고 있는 것이다. 청년이 과로로 쓰러져서 병원에 누워있는 사이에 노인이 등장했듯, 지금도 저 착한 노인은 어떻게든 우리에게 '네 몸 좀 챙기면서 살아라'는 신호를 보내고 있을 수도 있다.

3. 소재의 공통점

타인과의 교류에서 나오는 기억, 경험은 곧 인간의 가치관, 관념이 된다. AI는 결국 인간이 언어를 '심어'주어야 하고, 초반 데이터를 '입력'해 주어야 한다. 그래야지만 이를 바탕으로 딥러닝이 가능하고, 인간보다 빠른 속도로 배워나간다. 그렇다면, 인간이 어릴 때부터 하는 '사회화'보다 AI의 '딥러닝'이 더 우수한가? 사회화의 속도는 AI가 인간을 역전하더라도, 그 질은 당연히 인간이 더 높을 것이다. 물론 <식사는 하셨어요?> 속의 주인공이 어린 나이에 사회화를 하는 과정은 아니지만, 타인과의 교류와 기억을 잊게 된다는 점에서 AI가 서술하기 힘든 소재일 것으로 생각했다.

AI는 지금도 인간과 비슷해지고 있다. 기계가 아닌, 인간의 모습을 한 AI의 경우는 행동과 작은 습관 하나하나까지 무서울 정도로 비슷하다. 하지만 AI가 유일하게 데이터로 입력될 수 없는 것이 인간의 복잡한 감정이다. 애초에 인간의 감정은 특정한 한 가지 단어로 말할 수 없을뿐더러, 묘사하더라도 한계가 있을 것이다. 특히 부정적 감정을 AI가 완벽하게 응용할지는 의문이 든다. 실패, 패배를 경험하지 않게 설계되는 로봇이 과연 '두려움', '슬픔' 등의 감정을 완벽하게 이해할 수 있을까? 이런 의문에서 출발하여 바이러스에 대한 무서움, 타인과 교류를 할 수 없다는 것에서 나오는 고립감을 AI가 알 수 있을까? 라는 결론에 도달한 것이 <언택트>의 시작이었다. 아이러니하지만, 두려움이야말로 인간만이 가질 수 있는 감정 중 하나일 것이다.

인간은 옛날부터 어려움이 있으면 초자연적 존재(태양, 신 등)에게 안녕을 기원했다. 이것이 점차 종교로 발전되었고, 여기에 의지해보는 사람이 많아졌다. 이 과정에서 초자연적 존재가 있다고 믿는 가상의 세계(사후세계, 천국, 지옥 등)에 대한 해석이 점차 세분화되고, 인간 특유의 상상력과 여기서 파생되는 문화, 미신 등이 이를 더욱 풍부하게 만들었다. AI는 이런 종교와 상상에 의해 만들어진 가상의 세계를 이해할 수 있을까?

최근 AI 기술이 급속하게 발달하고 있고, 내가 희망하는 것을 포함한 대부분의 일자리가 인간이 아닌, 인간이 '만들어낸' 지능 따위에게 위협받는 시대에서, 인간성을 극한으로 끌어올려 서술할 수 있는 소재는 무엇이 있을까 고민하다가 이 소재들로 결정하게 되었다. 이 글을 읽는 모두가 자신의 인간성과 인간다움을 파악해서 4차 산업혁명의 물결 속에서 살아남기를 바란다.

에필로그 : Behind the Scene